Prudence,
la princesse
téméraire

Prudence, la princesse téméraire

Michel Grenier

 Les éditions
Héritage inc.

Données de catalogage avant publication (Canada)

Grenier, Michel, 1957-

Prudence, la princesse téméraire

(Collection Échos Niveau I)

ISBN 2-7625-8609-7

I. Titre. II. Collection: Collection Échos. Pré-ado.

PS8563.R4563P78 1997   jC843'.54   C96-941329-7
PS9563.R4563P78 1997
PZ23.G73Pr 1997

Conception graphique: Flexidée
Illustration de la couverture: Geneviève Côté
Infographie de la couverture: Michael MacEachern
Mise en page: Geneviève Ouellet

© Les éditions Héritage inc. 1997
Tous droits réservés

Dépôts légaux: 1er trimestre 1997
Bibliothèque nationale du Québec
Bibliothèque nationale du Canada

ISBN: 2-7625-8609-7

Imprimé au Canada
10 9 8 5 4 3 2

LES ÉDITIONS HÉRITAGE INC.
300, rue Arran, Saint-Lambert (Québec) J4R 1K5
Téléphone: (514) 875-0327
Télécopieur: (514) 672-5448
Courrier électronique: heritage@mlink.net

Les éditions Héritage inc. remercient le Conseil des Arts du Canada du soutien accordé à leur programme d'édition dans le cadre du programme des subventions globales aux éditeurs.

À Laura Maude,
avec tout mon amour.

Remerciements

Je tiens à remercier tout spécialement:

Olimpia Moitoso, ma compagne, pour son appui constant et ses excellentes suggestions, et Angèle Delaunois pour ses nombreuses lectures et ses commentaires pertinents.

1

Il était une fois, il y a très longtemps, un petit royaume niché au milieu d'un paysage enchanteur. Le climat y était doux, les récoltes abondantes, les habitants paisibles. À première vue, ce royaume ressemblait beaucoup à l'image qu'on se fait du paradis.

En y regardant d'un peu plus près, on s'apercevait vite que certains détails assombrissaient le tableau. Partout, on voyait des panneaux d'avertissement et des signaux de danger. « Attention, berges glissantes », pouvait-on lire sur une banderole près de la rivière. À l'orée de la forêt, un écriteau gravé disait : « Accès interdit : animaux sauvages dangereux ». Sur la belle route, large et presque toute droite, qui menait du château à la ville, des bornes de pierre répétaient : « Conduisez prudemment : interdiction totale de faire galoper les attelages ».

Avec tous ces interdits et ces appels à la prudence, on comprend que tous ne filaient pas le parfait bonheur. Pourtant, la plupart des sujets s'accommodaient tant bien que mal de toutes ces recommandations et, bien souvent, les ignoraient carrément. Ils savaient bien pourquoi le roi Clovis Ier et la reine Funégonde II s'inquiétaient de tout et ils ne leur en tenaient pas rigueur.

Tous se rappelaient le jour fatidique où le petit prince avait perdu la vie, à l'âge de sept ans, lorsque son cheval, emballé par une piqûre de guêpe, avait fait un faux pas et avait glissé dans la rivière. Le fort courant qui agitait l'eau à cet endroit avait happé le bambin et sa monture, les noyant tous les deux. Après cet accident, les monarques s'étaient bien juré que tous les habitants du royaume seraient dorénavant avertis des dangers qui les guettaient et protégés dans la mesure du possible.

Bien qu'ils puissent la plupart du temps ignorer les avertissements, les gens se sentaient parfois malheureux lorsqu'ils pensaient au triste sort de la princesse, née un an après le tragique décès du prince et qui, douze ans plus tard, n'avait jamais mis les pieds hors du château. Dès sa naissance, les souverains avaient tout mis en œuvre pour la mettre complètement à l'abri du danger.

Comme l'astrologue du royaume leur avait affirmé que les enfants tendaient à manifester les vertus évoquées par leur nom, ils avaient décidé de la baptiser « Prudence ».

Le soin apporté à lui choisir un nom approprié n'avait été qu'un prélude aux innombrables mesures prises pour assurer la sécurité de l'héritière du trône. En effet, on avait couvert le plancher de sa chambre de tapis pelucheux. Aux murs, on avait pendu des draperies si épaisses qu'on aurait pu s'y jeter tête première sans risquer de se faire mal. On avait posé une haute clôture en face de l'immense foyer où brûlaient en permanence des troncs d'arbres entiers, et seul le personnel chargé d'entretenir la flamme en possédait la clé. Le roi aurait voulu murer les fenêtres, mais les médecins de la cour avaient unanimement affirmé que les bienfaits de l'air frais outrepasseraient largement les méfaits possibles des courants d'air. À contrecœur, Clovis Ier avait autorisé que l'on garde une fenêtre à condition de la munir de barreaux. Évidemment, on avait recouvert ces barreaux et ceux de la clôture du foyer du tissu le plus doux.

La reine, de son côté, s'était enquise auprès des médecins des dangers d'étouffement inhérents à l'absorption de lait ou d'une forme quelconque de nourriture. Les doctes savants avaient répondu sèchement que Prudence devrait risquer l'improbable étouffement en avalant son lait et ses aliments, sous peine de mourir de faim et de soif. La reine avait accepté cette réponse de mauvaise grâce.

Après avoir pris les précautions nécessaires à la protection de l'enfant, on avait de nouveau convoqué l'astrologue de la cour, cette fois pour lui demander de prédire l'avenir de la princesse. Le vieux sage (après les obscures mais inévitables références aux conjonctions astrales et autres phénomènes célestes) avait conclu, avec toute la précision commune aux adeptes de son art, que la princesse vivrait probablement un certain temps, que sa vie serait placée sous le signe de la sécurité, qu'elle connaîtrait des joies et des peines, et que, somme toute, la vie valait la peine d'être vécue.

Les années avaient passé, mais la peur hantait encore les parents de Prudence. Les jeux de la petite fille se déroulaient toujours sous la plus haute surveillance.

Lorsqu'elle courait sur ses épais tapis, quatre gardes couraient avec elle, prêts à la retenir si elle devait se retrouver en déséquilibre. Ses livres d'enfant, aux pages épaisses pour prévenir les coupures de papier, à la couverture de cuir souple aux coins arrondis et qui ne racontaient que des histoires à l'eau de rose (et même à l'eau de rose bouillie, pour prévenir les infections) l'ennuyaient terriblement. Prudence n'avait jamais vu une aiguille de près, alors que les autres petites filles de son âge cousaient des vêtements pour leurs poupées.

La princesse grandissait. À douze ans, elle n'était déjà plus une fillette. Elle était en train de devenir une jolie jeune fille : ses longues boucles châtaines encadraient son visage doux, aux traits réguliers et délicats. Ses yeux bruns pétillants lui donnaient un regard perspicace. Son corps élancé et ses membres déliés promettaient qu'elle serait belle et grande lorsque la nature l'aurait pourvue de tous les attributs de la féminité.

Elle passait de plus en plus de temps à soupirer, accoudée à sa fenêtre. Elle observait les soldats à l'entraînement, maniant des lances, des arbalètes et de lourdes épées. Elle regardait les paysans faire les durs travaux des champs. Elle avait vu des gens se blesser, d'autres tomber malades.

Elle avait déjà compris que son existence ne se déroulait pas normalement. Oh, elle savait bien qu'une princesse ne vit pas comme tout le monde, mais elle s'était bien rendu compte que sa situation sociale n'expliquait pas tout. Souvent, elle avait surpris les regards attristés des domestiques posés sur elle, les commentaires échangés à voix basse sur la pauvresse, à qui on évitait les plaies et les bosses communes aux enfants de son âge.

Un jour, après avoir passé tout l'après-midi à regarder dehors, elle décida de s'enquérir auprès de ses parents des raisons de toutes ces précautions qui commençaient à l'étouffer. Pendant que des dames de la cour l'aidaient à s'habiller pour le dîner, elle se demanda comment aborder la question. En effet, il s'agissait là d'un sujet délicat, que ses parents avaient toujours évité par le passé.

Prudence savait que le roi et la reine l'aimaient beaucoup et elle voulait faire en sorte de présenter les choses sans les peiner. Elle fronçait les sourcils en réfléchissant très fort aux différentes formules possibles, les rejetant toutes les unes après les autres. Les dames qui l'aidaient à enfiler ses nombreux vêtements remarquèrent bien l'air préoccupé sous les cheveux bouclés; mais lorsqu'on l'interrogea sur la source de ses ennuis, la jeune fille répondit d'un ton hautain qui ne lui ressemblait guère que cela ne regardait que la famille royale. Les femmes prirent un air renfrogné et cessèrent de la questionner. Lorsqu'elle fut prête, en moins d'une heure — car on avait fait vite —, une des dames fit le code habituel en frappant du poing sur la porte. Aussitôt, on entendit des piétinements affairés dans le couloir, puis le bruit de tapis qu'on jetait par terre en vitesse sur le trajet qui conduisait de la chambre de Prudence à la salle des banquets. La lourde porte s'ouvrit sur les gardes armés jusqu'aux dents chargés d'escorter la princesse.

Ces gardes se présentaient sous un jour bien plus ridicule que menaçant : d'épais coussins de fourrure couvraient leurs massues, épées et dagues ; les armures de fer disparaissaient sous les montagnes de soie destinées à en protéger les angles. Prudence, comme à son habitude, ne put s'empêcher d'esquisser un sourire à la vue des militaires ainsi accoutrés. Comment pourraient-ils la défendre, alors qu'il leur faudrait au moins cinq bonnes minutes pour dégainer leurs armes ?

Elle s'avança et les gardes prirent place devant elle, derrière elle et à ses côtés. Ce soir-là, son étroite escorte lui tomba sur les nerfs.

La jeune fille poussa un long et profond soupir, puis elle se força à sourire pour faire plaisir au capitaine des gardes, qui était toujours très gentil et patient avec elle. Le capitaine lui rendit son sourire, puis la petite troupe se mit en mouvement.

Les domestiques et les gardes qui se trouvaient sur leur passage faisaient la révérence à l'approche de l'héritière. D'habitude, Prudence répondait poliment à tous d'un élégant salut de la tête, mais pas cette fois : elle marchait en regardant droit devant elle, perdue dans ses pensées, l'air préoccupé.

En approchant de la salle des banquets, elle ralentit le pas, tentant de retarder la conversation qui allait à n'en pas douter tourner à la confrontation. On entendait déjà la musique, le bruit des discussions, les exclamations enjouées et les applaudissements qui fusaient à la suite de chaque tour des acrobates et autres saltimbanques chargés d'amuser la cour. La princesse s'arrêta avec son escorte devant la haute porte à double battant menant à l'entrée de la salle de réception. Le capitaine des gardes frappa et la porte s'ouvrit sur une pièce immense, éclairée de milliers de bougies, tendue de somptueuses tapisseries illustrant des scènes champêtres et richement décorée de sculptures et d'objets d'art de toutes sortes.

On avait dressé les tables. Sur les nappes finement brodées, on avait posé des plats précieux remplis de fruits exotiques. Un tapis rouge allait de l'entrée à la table où s'asseyaient la famille royale et les pairs du royaume. Le trône miniature réservé à la princesse et placé entre ceux de ses parents était, bien entendu, généreusement rembourré.

À l'ouverture de la porte, tout le monde s'était tu. Un page s'avança pour annoncer l'arrivée de la princesse. Tous s'inclinèrent et Prudence fit son entrée.

Lorsque la jeune fille eut rejoint ses parents, Clovis Ier invita les convives à s'asseoir et savourer le repas qui leur serait bientôt servi. Comme à son habitude, il ne put s'empêcher de recommander à chacun de manipuler les ustensiles avec soin et, surtout, de prendre garde aux os de volaille et aux arêtes de poisson.

Tout le monde s'installa donc à table. Troubadours et artistes reprirent leur spectacle et on commença le service. Des dizaines d'employés des cuisines arrivèrent, portant du vin dans de grandes cruches, des jus de fruits, des pâtés odorants, des viandes rôties à point, des légumes et du pain. Le goûteur de la princesse s'installa derrière elle et son coupeur d'aliments se mit en train, choisissant pour sa maîtresse les meilleurs morceaux de ses plats préférés, les découpant délicatement en fines bouchées qu'il plaçait ensuite dans une assiette d'or fin. Il passa l'assiette au goûteur qui prit une bouchée de chaque mets, s'assurant de la qualité impeccable de la nourriture.

Finalement, le serviteur posa le repas de la princesse devant elle en disant : « Le dîner de Son Altesse est servi. Bon appétit. »

Prudence omit de dire merci. En fait, elle

avait à peine remarqué qu'on avait déposé son assiette devant elle. Elle se prépara à parler. Tous les regards se tournèrent vers elle. Les convives interrompirent immédiatement leurs conversations dès qu'elle ouvrit la bouche.

— Messire mon père, commença-t-elle en regardant le roi droit dans les yeux, j'aimerais vous poser quelques questions et vous entretenir d'un sujet qui occupe mes pensées depuis quelque temps.

Le roi avait noté l'expression à la fois résolue et inquiète de sa fille, ainsi que le silence qui régnait maintenant dans la salle. Il regarda la reine d'un air désemparé. Cette dernière, qui se doutait bien du sujet des émois de sa royale progéniture, n'était que trop contente que celle-ci ait choisi d'interroger son père. Elle feignit l'ignorance et prit un air distrait, signifiant à son époux qu'il devrait se débrouiller seul.

Le roi dit enfin :

— Bien sûr, sérénissime petit bijou. Je m'efforcerai d'apporter réponses à vos questions et d'effacer de votre visage cet air préoccupé qui lui sied si peu.

Ignorant l'atmosphère tendue, Prudence s'enhardit et décida d'entrer tout de suite dans le vif du sujet.

— Messire, dit-elle en adoptant un ton

presque accusateur, j'ai pu constater en de nombreuses occasions qu'on ne me traite point comme les autres enfants et je me demande bien pourquoi.

Le monarque rougit, puis se mit à jouer nerveusement avec sa serviette de table, avant de répondre d'un ton faussement enjoué.

— Ah ! dit-il. S'il ne s'agit que de cela, c'est facile à expliquer. Bien. Vous n'ignorez pas que le sort du royaume reposera un jour sur vos épaules. Notre devoir, à votre génitrice et à moi-même, consiste donc à vous préparer à assumer cette lourde responsabilité. Je conçois facilement que le temps que vous pouvez consacrer au jeu puisse vous paraître insuffisant ; mais comme vos précepteurs font l'éloge de vos talents et de votre assiduité, nous verrons à alléger quelque peu votre horaire et...

Prudence, irritée par la maladroite tentative de diversion de son père, lui coupa sèchement la parole, geste d'une impolitesse rare.

— Père, fit-elle d'un ton rageur, vous savez très bien qu'il ne s'agit pas de mon éducation, mais bien de toutes ces précautions dont vous m'entourez. Croyez-vous que je sois aveugle ? Je sais bien qu'on me protège... non, qu'on me couve, au-delà du raisonnable, même pour une princesse. Je vois tous ces gens, nobles et manants, poser tous les jours des gestes qu'on m'interdit. J'en ai assez, assez !

La jeune princesse fondit en larmes. Elle s'était emportée, juste comme elle avait craint de le faire, et elle pleurait maintenant à la fois de tristesse et de rage contre sa maladresse. Le roi, quant à lui, rougit de colère.

— Comment osez-vous me parler sur ce ton impertinent ? tonna-t-il. Ce que je fais, je le fais pour vous. N'avez-vous donc aucune idée des innombrables dangers qui vous menacent ? Je suis votre père, mais aussi votre souverain, et personne dans ce royaume ne s'adresse à son seigneur de cette façon. Gardes, cria-t-il, emmenez la princesse dans la Tour est. Et qu'elle y reste jusqu'à ce qu'elle soit revenue à de meilleures dispositions.

Les gardes accoururent aussitôt et le roi leur ordonna de préparer la tour pour le séjour de la princesse et de l'y emmener seulement lorsque tout risque serait écarté.

Dans la salle, l'émoi était à son comble. Personne ne disait mot, mais on pouvait lire la stupeur sur tous les visages. Les regards discrets dirigés vers le roi étaient chargés de reproches. On comprenait la juste colère de ce dernier face à l'impolitesse de sa fille unique, mais on savait aussi que les précautions entourant l'enfant dépassaient de loin les limites du raisonnable.

Funégonde II, qui n'avait osé intervenir en public pour ne pas aggraver la colère de son mari, avait le visage défait. Elle était d'une pâleur extrême et on la sentait au bord des larmes. Le roi la regarda et, à la vue de sa mine pitoyable, prit conscience qu'il avait peut-être agi un peu vite. Il regrettait déjà de s'être emporté et songea un instant à annuler ses ordres concernant la princesse lorsqu'il se souvint que toute la cour l'observait. Changer d'idée maintenant le ferait passer pour une girouette ou, pire, pour un faible.

Comme toujours lorsqu'il se savait en tort et ne voulait l'admettre, le monarque essaya de minimiser l'incident. Il détourna les yeux de son épouse et s'adressa aux convives d'un air badin :

— Allez, dit-il, mangez et buvez ! Amusez-vous. Ne laissez pas les caprices d'une enfant gâcher un si bon repas.

Pour donner l'exemple, il se servit une généreuse portion de pâté et feignit de manger avec appétit, piquant du nez dans son assiette. Il y eut comme un flottement dans la salle, puis quelques chevaliers, et finalement toute la cour, se remirent à manger. Le repas n'avait cependant plus rien de la fête habituelle et se poursuivit dans un silence embarrassé, entrecoupé des seuls bruits de vaisselle et des pleurs de Prudence.

Un page arriva et dit au roi que la Tour est était prête. Le roi fit un geste et les gardes escortèrent la princesse vers sa prison. La pauvre enfant les suivit sans protester, tête basse, en essuyant les larmes qui coulaient sur ses joues.

Après cette scène pénible, le roi et la reine se levèrent de table, signalant la fin du repas. Tous se mirent debout et firent la révérence, puis les souverains se dirigèrent vers leur chambre. La salle se vida lentement.

Une fois dans la chambre royale, la reine donna enfin libre cours à ses émotions. Elle s'assit dans son fauteuil et se mit à pleurer, le visage enfoui dans ses mains.

— Allons, dit le roi. Ce n'est pas si grave. Demain soir au plus tard, je ferai libérer Prudence.

— Je sais bien que vous n'êtes point méchant, sanglota la reine, mais c'est la première fois que vous punissez notre fille. Mon cœur saigne de la savoir si malheureuse.

— Moi aussi, je suis attristé, répondit son mari. Mais rappelez-vous nos devoirs envers notre enfant. Souvenez-vous du destin atroce de notre fils chéri que nous aurions sans doute pu lui épargner si nous avions été davantage prévoyants.

La reine se rendit aux arguments de son époux.

Les souverains se mirent au lit et, avant de s'endormir, Clovis Ier promit qu'il irait s'expliquer avec sa fille dès le lendemain matin et qu'il essaierait de lui faire entendre raison par la douceur.

2

Le soleil allait bientôt se lever et l'obscurité se dissipait lentement dans la petite chambre de la Tour est où on avait enfermé Prudence. La pauvre petite n'avait jamais été aussi malheureuse de toute sa vie. Elle avait pleuré sans relâche en ressassant les événements de la soirée, tantôt se blâmant, tantôt estimant son père responsable de cet affrontement qui n'avait rien résolu. Finalement, épuisée, elle avait sombré dans un sommeil agité.

Des bruits et des éclats de rire sous sa fenêtre la tirèrent doucement de l'inconscience. L'esprit encore embrumé, elle se leva et se dirigea vers la fenêtre. Là, quelque chose d'extraordinaire acheva aussitôt de la réveiller : dans leur hâte à préparer sa prison, les domestiques avaient omis de poser des barreaux.

Son cœur se mit à battre à toute vitesse ; elle s'élança vers l'ouverture et, pour la première fois de sa vie, toute tremblante d'excitation, se pencha au-dehors, la tête et les épaules au-dessus du vide. Elle se mit à regarder partout, sauf en bas, car, dans son énervement, elle avait complètement oublié les bruits qui l'avaient tirée du lit et qui provenaient du pied de la tour. D'ailleurs, les éclats de rire avaient cessé. Ils furent bientôt remplacés par la voix d'un jeune garçon.

— Hé! là-haut! cria le garçon qui avait remarqué l'apparition de la jeune fille. À quoi joues-tu? Fais attention, tu pourrais tomber.

— Bonjour, répondit la princesse en apercevant enfin le jeune garçon. Comment t'appelles-tu? Moi, je m'appelle Prudence, acheva-t-elle en se penchant davantage pour mieux voir son interlocuteur.

Ce dernier, âgé d'une douzaine d'années, était vêtu d'un pantalon de tissu grossier, d'une ample chemise de coton et d'une veste élimée. Il portait également des bottes de cuir souple, usées mais confortables. Ses cheveux bruns en broussaille lui donnaient un air indiscipliné qui lui allait bien.

— Et moi, c'est Philémon, répondit-il en s'inclinant courtoisement, mais mes amis m'ont surnommé Casse-cou. Fais attention, tu vas vraiment finir par tomber!

Son visage s'éclaira d'un sourire espiègle, puis il ajouta:

— Tu sais, c'est toi qu'on devrait appeler Casse-cou, pas moi!

Prudence eut un petit rire.

— Comme c'est drôle ! s'exclama-t-elle. Si tu savais ! Ce n'est sûrement pas avec la vie que je mène au château que je risque de me casser le cou ! Je ne risque même pas de me casser un ongle.

— En tout cas, dit le garçon, à te voir penchée comme ça au-dessus du vide, on peut dire que tu n'es pas peureuse.

Tout en prononçant ces paroles, Philémon commença à réaliser à qui il avait affaire. « Tiens, tiens ! se dit-il. Elle porte le même nom que la princesse. En plus, elle a dit qu'elle ne risquait même pas de se casser un ongle et tout le monde sait qu'une seule personne dans tout le royaume est si bien protégée. Mais c'est elle ! C'est la princesse royale ! »

Philémon, ou Casse-cou, si l'on préfère, se sentit soudain tout confus. Il rougit jusqu'à la racine de ses cheveux en désordre et se prosterna bien bas en disant d'une voix tremblante :

— Je vous demande pardon, Votre Hauteur... Euh... Votre Altitude... euh, je veux dire Votre Altesse. Je ne savais pas... Je... Euh ! Je ne suis qu'un misérable manant orphelin et... Euh ! Comment ai-je pu oser ?

Prudence éclata de rire.

Se méprenant sur le sens de ce rire, Philémon s'interrompit tout net. Il se sentit encore plus confus et ridicule. Il aurait voulu rentrer sous terre.

Mais la princesse ne se moquait pas de lui. En fait, jamais elle ne s'était crue au-dessus des autres à cause de sa condition. Si la fonction de souverain s'accompagne de certains privilèges, elle entraîne surtout d'immenses responsabilités : un monarque doit avant tout servir son peuple.

— Arrête tes simagrées. On n'est pas à la cour, ici. Et puis, je suis peut-être l'héritière du trône, mais je ne suis pas encore reine. Je suis avant tout une fille qui rêve de faire comme les autres...

Sur ces mots, son expression devint triste et songeuse.

Le garçon se redressa et poussa un soupir de soulagement avant de lancer, encore vaguement inquiet :

— Alors, ça veut dire que vous ne me ferez pas jeter aux oubliettes pour vous avoir manqué de respect ?

— Mais non, ajouta-t-elle en sentant les larmes lui venir aux yeux. D'ailleurs, c'est moi qui suis prisonnière.

Elle se sentit soudain très malheureuse et se

mit à pleurer franchement.

Interloqué et ému, Casse-cou ne savait quoi dire ou quoi faire pour la consoler. Il ne croyait pas pouvoir la réconforter, car, outre le fait qu'il n'avait aucune idée de ce qui pourrait consoler une personne de si haut rang, il ne comprenait pas la cause de son chagrin. Pour lui, quel plaisir ce devait être de se sentir toujours choyé, entouré ! Étant orphelin, il ne pouvait compter que sur lui-même. Débrouillard, il vivait des petits travaux qu'on voulait bien lui confier à l'occasion et de ce qu'il réussissait à voler le reste du temps.

Prudence pleura plus fort, sa peine avivée à la pensée que jamais elle ne jouerait dehors, libre et insouciante comme le garçon dont les rires l'avaient réveillée.

Un peu embarrassé d'avoir envié la jeune fille alors que son malheur se manifestait si sincèrement dans ses sanglots, Philémon lui demanda :

— Votre Altesse, si j'osais... Euh... Pourquoi dites-vous qu'on vous retient prisonnière ?

Comme si elle avait attendu toute sa vie une oreille attentive, la princesse se mit à tout raconter à cet inconnu, son discours haché par les pleurs : les épais tapis, les livres aux histoires insignifiantes, l'escorte permanente armée jusqu'aux dents mais inutile, et plus encore. Elle se vida le cœur.

Casse-cou fut d'abord amusé en écoutant ces histoires invraisemblables, mais, à mesure que la princesse parlait et qu'il découvrait la démesure de la protection dont on entourait la jeune fille, l'amusement fit place à l'incrédulité, puis à la tristesse.

Lorsque enfin la jeune fille raconta sa mésaventure de la veille, Philémon fut horrifié de la sévérité et du manque de compassion du roi.

La future souveraine cessa de larmoyer : tout raconter l'avait un peu soulagée.

Bouleversé par le récit de l'héritière du trône et ému qu'elle se soit ainsi confiée à lui, Casse-cou releva la tête et dit sans réfléchir :

— Votre Altesse, séchez vos larmes. Foi de Philémon, je vous libérerai, et pas plus tard que ce matin ! Ne bougez pas, je reviens dans une heure.

Il partit en courant.

Prudence, ne voulant pas rester seule et sachant bien que son compagnon ne pouvait rien pour elle, cria pour le retenir ; mais il ne se retourna même pas et disparut bientôt derrière un angle de la grande tour carrée.

Quelques instants plus tard, alors qu'elle profitait de sa vue sur la campagne environnante, des bruits de pas et de vaisselle se firent entendre derrière la porte de sa chambre. Ne souhaitant pas qu'on s'aperçoive qu'elle était levée depuis un moment, elle se dépêcha de retourner au lit. Elle eut tout juste le temps de s'installer sous les couvertures pendant qu'on tirait les verrous. La porte s'ouvrit pour laisser passer une domestique de la cuisine qui portait un plateau chargé de victuailles. Faisant semblant de s'éveiller, Prudence s'étira, puis s'assit dans son lit.

La servante fit la révérence et dit :

— Le petit déjeuner de Son Altesse est servi. Vous pouvez manger sans crainte, car votre goûteur a testé minutieusement cette nourriture et votre coupeur d'aliments l'a découpée en délicieuses petites bouchées.

— Merci, Mathilde, répondit Prudence d'une voix faussement endormie. Vous pouvez disposer.

Depuis l'entrée de l'employée des cuisines, Prudence pensait surtout à une chose : elle espérait de toutes ses forces que celle-ci ne remarque pas l'absence de barreaux à la fenêtre.

Mathilde fit de nouveau la révérence et repartit sans même avoir jeté un regard à la fenêtre en question. Prudence regarda son petit déjeuner sans appétit, mais se força à manger. Mieux valait qu'on la crût sereine et docile ; ainsi, on la laisserait peut-être tranquille et elle pourrait jouir un peu plus longtemps de sa vue sur l'extérieur.

Pendant que la petite avalait son déjeuner, la servante était retournée aux cuisines. En arrivant là-bas, elle fit la remarque que leur future reine se portait plutôt bien, ce qui était surprenant compte tenu des événements de la veille. Quelques instants plus tard, le chef cuisinier donna des nouvelles de la princesse au médecin de la cour, qui passait par là pour prendre des ingrédients nécessaires à la confection de ses remèdes. Le médecin se dit qu'il y avait là quelque chose d'anormal et il se promit d'en glisser un mot au roi avant la fin de la matinée.

Prudence avait terminé son repas depuis un moment lorsque Mathilde revint chercher le plateau. La princesse n'avait presque rien laissé. La servante fut ravie de voir les assiettes vides et son visage s'éclaira d'un sourire. Elle ramassa les plats et sortit, soulagée de voir que la jeune fille se portait bien.

Bien qu'en apparence calme, la princesse trépignait mentalement d'impatience. Il y avait bientôt une heure que Philémon l'avait quittée en promettant de revenir.

L'appel de Casse-cou arriva aux oreilles de Prudence juste comme les bruits de pas s'estompaient dans l'escalier. Elle se précipita à la fenêtre et regarda en bas. Le garçon était bien là. Il tenait à la main un grappin de fer attaché à une longue corde à nœuds.

— Salut! cria la jeune fille. J'étais certaine que tu reviendrais. Je suis bien contente de te revoir si tôt.

— Mais je ne suis pas seulement revenu vous voir, Votre Altesse. Je suis venu vous chercher.

— Quoi? fit-elle, incrédule, en manquant de s'étouffer. Tu veux dire que tu étais sérieux?

— Mais oui, répondit-il. J'ai promis de vous libérer, et pas plus tard que ce matin, alors, me voilà!

L'esprit de la princesse se mit à fonctionner furieusement. Et si c'était vrai? S'il pouvait vraiment la sortir de là? Mais alors, que diraient ses parents? Que se passerait-il lorsqu'on la rattraperait?

Philémon attendait sous la fenêtre.

— Je vous demande pardon, Votre Altesse, mais nous devons nous dépêcher. Quelqu'un pourrait venir et j'aurais de la difficulté à expliquer ce qu'un gamin comme moi peut bien fabriquer au pied de la tour avec un grappin et une corde.

— Attends encore un peu, s'il te plaît. Je ne sais pas...Tout ça va tellement vite... D'abord, je ne croyais pas que tu étais sérieux, et maintenant... Puis, même si tu arrives à me sortir d'ici, où irons-nous ?

— Mais nous partirons à l'aventure, voyons ! répondit l'insouciant Casse-cou.

Partir à l'aventure ! Ces mots résonnaient magiquement aux oreilles de la princesse. Elle se vit courant dans les champs, foulant l'herbe, la terre et les cailloux, sans escorte pour lui boucher la vue. Malheureusement, elle savait aussi comment tout cela finirait : elle serait finalement capturée et ramenée au château où ses parents, morts d'inquiétude, la gronderaient sévèrement.

Et alors ? On ne la battrait sûrement pas. Que pouvait-on lui faire qu'on ne lui faisait déjà ? Rien du tout ! Sa décision était prise. Elle inspira profondément, puis cria à Philémon qui s'impatientait :

— C'est d'accord. Si tu arrives à me sortir d'ici, nous partirons à l'aventure.

Le visage de Casse-cou s'éclaira d'un sourire magnifique et il s'exclama :

— Allons-y ! S'il vous plaît, Votre Altesse,

veuillez reculer jusqu'au fond de la chambre. Je vais lancer mon grappin à l'intérieur. Tout ce que vous aurez à faire, c'est de bien l'arrimer au rebord de la fenêtre. Puis je monterai vous rejoindre.

Prudence répondit qu'elle avait bien compris, puis disparut à l'intérieur.

Philémon se mit à balancer le grappin, mesurant soigneusement la distance, puis le lança avec force. Le garçon avait bien jugé la hauteur, mais n'avait pas très bien visé ; le grappin heurta le mur avec un bruit métallique, puis retomba sur le sol. Casse-cou recommença. Il dut s'y reprendre à trois fois, mais, finalement, les crochets de fer passèrent par l'ouverture. Un instant plus tard, il vit la princesse fixer le grappin comme il le lui avait demandé, puis lever le pouce pour signaler que tout était prêt. Casse-cou se hissa rapidement, prenant appui avec ses pieds sur l'épais mur de pierre.

Il lui fallut moins d'une minute pour atteindre la fenêtre, sept mètres plus haut. Il s'agrippa au rebord, se souleva sur ses coudes et culbuta dans la chambre sous le regard admiratif de Prudence. Il se releva rapidement et dévisagea la princesse. Vue de près, il la trouva encore plus jolie. Il remarqua aussi qu'elle portait une épaisse chemise de nuit et des pantoufles. Son regard parcourut rapidement la pièce, où tout était rembourré ou capitonné. Il s'y attendait un peu, mais fut tout de même surpris de constater l'épaisseur peu commune des tapis et des draperies.

Quant à elle, Prudence nota que Philémon avait des yeux noirs rieurs et une fière allure, malgré ses vêtements en guenilles. Les deux enfants se regardaient l'un l'autre, sans trop savoir quoi faire ou quoi dire, lorsqu'ils entendirent de vagues bruits qui semblaient provenir des profondeurs de la tour.

— Vite, dit la princesse, je crois qu'on vient ! Sortons d'ici !

Le roi, averti par le médecin de la cour de l'étrange bonne humeur de la princesse, avait décidé de rendre visite à sa fille sans tarder. La punition l'avait peut-être troublée davantage qu'on aurait pu le croire. Il avait ouvert la porte au bas de la tour et gravissait lentement l'escalier.

Comprenant l'urgence de la situation, Philémon prit quand même le temps de s'assurer que Prudence pourrait le suivre.

— Pourrez-vous descendre ? s'enquit-il.

— Mais oui, dit-elle, je n'ai qu'à faire comme toi.

— Bon, fit Casse-cou, alors, suivez-moi.

Sur ces mots, il enjamba le rebord de la

fenêtre, empoigna la corde et se mit à descendre. Arrivé en bas, il tira sur la corde pour bien la tendre et ainsi faciliter la progression de sa compagne qui, moins adroite que lui, avait pris un peu de retard. Elle le rejoignit bientôt.

Pour la première fois de sa vie, Prudence sentit l'herbe haute lui chatouiller les mollets, la terre dure sous ses pantoufles, le vent frais et doux lui caresser le visage. Elle regarda au loin et fut estomaquée par l'immensité du paysage. Pas de murs, pas de plafond pour arrêter son regard, rien que des champs et des collines à perte de vue, parsemés d'arbres, de ruisseaux, de jolies maisonnettes.

Casse-cou la tira par la manche.

— Vite, Votre Altesse, dit-il, sauvons-nous!

Prudence, comme dans un état second, ne réagit pas tout de suite. Elle regarda son compagnon, qui lui prit la main et l'entraîna à sa suite. Les deux enfants se mirent à courir et contournèrent la tour à son angle sud. Ils poursuivirent leur course le long du mur du château. Soudain, un cri d'horreur retentit jusqu'à eux, si déchirant qu'ils s'arrêtèrent net.

— Papa! s'écria la jeune fille, réagissant à l'appel désespéré. C'est papa qui crie mon nom!

Elle sentit sa gorge se serrer et ses yeux s'emplir de larmes.

— Votre Altesse, nous ne pouvons pas rester ici, pressa le garçon en essayant de tirer Prudence par la main.

La jeune fille refusa de bouger.

— Voulez-vous qu'on vous rattrape tout de suite ? insista Philémon.

Elle fit non de la tête en baissant les yeux, puis se laissa entraîner, essayant de chasser de son esprit l'image du roi appelant en vain son enfant chérie.

Les enfants avaient parcouru une dizaine de pas lorsqu'un nouveau bruit s'éleva : on relevait la lourde herse de fer qui défendait l'entrée du château. D'un moment à l'autre, les troupes jailliraient et s'éparpilleraient dans toutes les directions à la recherche de l'héritière du trône. Les deux jeunes se regardèrent, envahis par le même sentiment d'urgence ; il n'y avait pas une seconde à perdre s'ils voulaient éviter de se faire prendre. Ils regardèrent fébrilement autour d'eux, cherchant une cachette.

Le premier, Casse-cou remarqua une brèche providentielle dans la muraille, à peine visible dans l'herbe haute, et s'y dirigea, suivi par sa compagne. Soufflant un peu, ils purent tout à loisir observer l'activité du dehors, car les hautes herbes leur permettaient de voir sans être vus.

Le capitaine des gardes apparut, monté sur un magnifique destrier noir. Il s'amena devant ses troupes et leur exposa brièvement les faits, affirmant qu'on avait kidnappé la princesse. Puis il leur ordonna de se disperser en petits groupes et de partir à sa recherche.

Prudence fit mine de quitter la cachette, mais son compagnon la retint. Il serait fort imprudent de sortir avant la nuit. Soudain soucieux, il fit part à la princesse de sa crainte de se voir accusé d'avoir enlevé l'héritière du trône.

La princesse le rassura. Elle n'aurait qu'à dire qu'il l'avait aidée à échapper à ses ravisseurs. Qui pourrait la contredire ?

Tous deux se turent. Ils demeurèrent silencieux durant un bon moment. Prudence reprit la conversation. Elle demanda à Philémon comment il se faisait qu'il devait subvenir seul à ses besoins puisque le roi et la reine se préoccupaient du sort de tous.

Le jeune garçon répondit qu'en effet, il existait un orphelinat qui prenait soin des enfants dans sa situation. Il y avait séjourné quelques mois après la mort de ses parents. On n'y menait pas une vie très excitante. En général, le personnel manifestait beaucoup de sollicitude envers les petits pensionnaires, mais tous ces gens semblaient motivés davantage par la pitié que par l'amour. Un jour, Philémon en avait eu assez et s'était enfui.

Fascinée par l'esprit indépendant de Casse-cou, Prudence voulait en apprendre davantage. Philémon, flatté de l'intérêt que lui portait son auguste compagne, ne se fit pas prier pour conter ses aventures, les enjolivant même un peu à l'occasion pour mieux mettre en valeur sa débrouillardise.

3

Des événements dramatiques s'étaient déroulés au château. Après avoir reçu l'assurance du capitaine des gardes qu'on avait tout mis en œuvre pour retrouver sa fille unique, le roi, encore sous le choc, avait dû se résoudre à mettre la reine au courant de la situation. Prenant son courage à deux mains, il avait gravi les marches menant aux appartements royaux. Arrivé devant la porte, il avait senti toute sa détermination fondre comme neige au soleil à la pensée du déluge de reproches qui s'abattrait sur lui, sitôt communiquée l'horrible nouvelle.

Il avait hésité un bon moment avant de se décider à ouvrir, accablé par un terrible sentiment de culpabilité. Finalement, aussitôt entré, il avait baissé les yeux, n'osant affronter le regard de son épouse. Celle-ci, déjà alarmée par l'énervement général, l'avait pressé de parler.

Ne sachant comment amortir le coup, le roi lui avait annoncé de but en blanc qu'un ou des inconnus s'étaient emparés du fruit de leur union. Funégonde II avait alors poussé un grand cri avant de s'écrouler ; elle serait tombée sur le sol si une dame de compagnie ne s'était précipitée pour la retenir. Clovis Ier, la mort dans l'âme, avait prêté main-forte à la dame de compagnie pour étendre la reine sur le grand lit à baldaquin, puis avait fait mander le médecin principal de la cour.

Ce dernier était arrivé quelques minutes plus tard, tout essoufflé, et s'était penché sur sa royale patiente tout en déballant ses remèdes et ses instruments. Il avait diagnostiqué un déséquilibre des humeurs causé par un choc nerveux. Pour ce genre de cas, il recommandait toujours une importante saignée, mais comme le roi ne supportait pas la vue du sang, il avait dû se contenter de passer des sels sous le nez de sa souveraine.

La reine reprit conscience. Encore hébétée, elle poussa de nouveau un grand cri, sans trop savoir pourquoi. Puis la mémoire lui revint. Sa petite enfant chérie avait bel et bien disparu. Elle se redressa dans son lit et se mit à sangloter, le visage dans les mains.

Désemparé et ne sachant que faire, le roi dansait d'un pied sur l'autre en cherchant désespérément les mots qui pourraient réconforter sa femme.

Après un bon moment, les sanglots s'espacèrent et c'est un visage rouge de colère que

Funégonde II tourna vers le roi en lui lançant, dans un langage peu digne de son rang :

— Tout ça est de votre faute !

— Mais, ma douce colombe... commença le monarque, d'un ton apaisant.

— Il n'y a pas de mais ! coupa-t-elle. C'est vous qui, enragé que notre fille vous ait tenu tête, avez pris une décision intempestive. Et c'est à cause de votre empressement qu'on a tout préparé à la hâte, avec les conséquences que vous connaissez.

Sur ces mots, elle se remit à pleurer de plus belle.

Clovis Ier se sentit soudain désarmé devant les larmes de son épouse. Sa colère tomba. Contrit, il respira profondément et s'adressa à la reine :

— Vous avez raison et j'ai tort, je le reconnais. Mais maintenant, tout ce qui compte, c'est de retrouver notre fille saine et sauve. Prions pour que nos soldats y parviennent.

Funégonde II savait ce qu'il en coûtait à son fier époux d'admettre ses torts, si évidents soient-ils. Elle lui prit la main et l'invita à s'asseoir sur le lit à ses côtés.

La dame de compagnie et le médecin quittèrent les appartements royaux sur la pointe des pieds, laissant leurs maîtres se consoler l'un l'autre dans l'intimité. En descendant l'escalier, ils croisèrent l'astrologue. Le médecin, qui n'avait jamais aimé le devin et le considérait comme un charlatan de la pire espèce, l'arrêta en lui bloquant le passage.

— Où vas-tu ainsi ? dit-il, narquois. Si tu montais voir le roi ou la reine, je te conseille de rebrousser chemin. Ni l'un ni l'autre ne semble d'humeur à écouter tes élucubrations.

L'astrologue répliqua aussitôt :

— C'est justement là que tu te trompes : notre bien-aimée souveraine vient tout juste de me sonner et j'accourais de ce pas l'éclairer de mes lumières. Comme tu le vois, Sa Majesté fait montre d'un grand discernement en préférant recourir à mes services plutôt qu'à ceux d'un incapable, qui ne sait que lui faire avaler des décoctions imbuvables ou la vider de son sang.

— Incapable toi-même, dont toute la science consiste à savoir énoncer des évidences d'un air pénétré, rétorqua le soigneur.

— Peuh ! fit le devin, tu peux parler, toi pour qui tout problème de santé se résume à un « déséquilibre des humeurs » et qui traite tous les maux de détestable façon. Si tes patients survivent, c'est malgré tes remèdes plutôt que grâce à eux.

Le médecin se préparait à répondre lorsque la reine apparut à la porte, en haut de l'escalier. Elle se retourna pour dire à son mari, en parlant de l'astrologue :

— Il arrive. Il discutait dans l'escalier avec l'autre scientifique... Oui, le médecin. Je sais bien que vous n'aimez pas les retardataires, mais avouez qu'il est réconfortant de voir deux savants partager ainsi leurs connaissances et mettre en commun leurs ressources pour nous venir en aide.

Funégonde II fit face aux hommes de science et invita le devin à se dépêcher. Ce dernier s'inclina bien bas, puis gravit les quelques marches le séparant de la chambre royale. Il entra à la suite de la reine, non sans avoir jeté un dernier regard dédaigneux au médecin.

Les époux royaux avaient pris place au milieu de la pièce. La reine s'adressa à l'astrologue, la voix chargée d'émotion contenue :

— Vous vous doutez des raisons pour lesquelles nous vous avons convoqué. Nous avons pensé faire appel à vos connaissances des arts divinatoires pour aiguiller et accélérer les recherches. Aujourd'hui, vous devrez vous surpasser. Voici donc les deux questions auxquelles nous désirons que vous répondiez : où se trouve la princesse et quand la retrouverons-nous?

L'astrologue joignit les mains et ferma les yeux avant de redresser les index et d'y appuyer le menton, pose qui dénotait habituellement chez lui une intense concentration. En fait, il avait déjà préparé sa réponse.

Le devin garda son attitude recueillie pendant quelques minutes, sous les regards inquiets des deux monarques, puis il redressa la tête et dit:

— Votre Altesse, je sais combien le sort de votre fille unique vous préoccupe et je partage votre angoisse, car, comme tous les habitants du royaume, j'avais... Hum! j'ai beaucoup d'affection pour la princesse. Cependant, les choses se présentent sous un jour fort complexe. De ce fait, il m'apparaît donc impossible de soulager immédiatement votre légitime inquiétude, car...

— Ah non! l'interrompit Clovis Ier, dont le visage s'était empourpré de colère à mesure que l'astrologue parlait. Quand je pense à tout l'or que j'ai dépensé pour construire et entretenir votre observatoire, sans compter la confortable pension que j'ai la bonté de vous verser... Et tout ça pour que vous admettiez votre impuissance? C'est un comble!

— Mais Votre Altesse, dit le devin d'une voix plaintive, tout n'est pas perdu. Je vous en prie, laissez-moi vous expliquer.

De nature plus indulgente que son mari, Funégonde II murmura quelques mots à l'oreille de ce dernier, qui fit signe au mage de poursuivre.

— Bon ! poursuivit le savant, je m'explique. Nous faisons face à une difficulté attribuable à l'influence des positions astrales sur le comportement et le destin de toutes les personnes en relation avec la princesse, ce qui soulève d'intéressantes questions quant à la mesure et à la prédiction des événements présents et futurs concernant cette dernière. Vous me suivez ?

L'expression des souverains, qui avaient tous deux le visage tendu et les sourcils froncés dans un effort de concentration surhumain, eut tôt fait de renseigner le mage sur ce point. Il poussa un soupir, puis reprit :

— Bon ! Ce n'est pas grave. Je vais m'y prendre autrement. Voyez-vous, les astres guident notre destinée à tous, y compris celle des ravisseurs de votre enfant. Or, comme ces bandits demeurent pour l'instant inconnus, je ne peux établir leur carte du ciel et prédire leur avenir. En conséquence, je ne peux non plus formuler de prédictions concernant la princesse, puisque son destin se trouve désormais intimement lié à celui de ses ravisseurs. Dès que nous aurons retrouvé votre fille et les mécréants qui l'ont enlevée, nous ferons parler ces derniers. Aussitôt que nous leur aurons arraché les renseignements sur la date et l'heure de leur naissance, je dresserai leur carte astrale et pourrai donc vous dire où et quand nous aurons retrouvé votre enfant.

La reine poussa un soupir de soulagement. Elle se dit qu'elle avait bien fait de convoquer le brillant homme, dont la science se révélait encore une fois fort utile.

Le roi ne put s'empêcher de s'interroger sur la pertinence de l'exercice : à quoi cela pourrait-il bien servir de prédire après coup les circonstances de la libération de Prudence ?

Peu habitué à cette gymnastique mentale et aux méandres des raisonnements scientifiques, il chassa vite la question de son esprit et jugea préférable de s'en remettre à la compétence du mage. Clovis Ier haussa les épaules et renvoya le savant à son observatoire, lui indiquant de se tenir prêt au cas où on aurait encore besoin de ses services.

Les monarques demeurèrent seuls. Ils allèrent s'asseoir sur leur grand lit. Ils n'avaient plus qu'à attendre. Attendre et espérer.

4

Pendant que les souverains se morfondaient dans leurs appartements, Philémon achevait le récit de ses aventures à l'intention de Prudence, qui buvait ses paroles.

Philémon s'arrêta et attendit une réaction de sa compagne. Imaginant chaque scène, captivée au point d'en oublier où elle se trouvait, celle-ci était demeurée muette tout le temps que Philémon avait raconté ses histoires.

Le silence de son compagnon la ramena à la réalité. Elle réalisa qu'il avait parlé longtemps puisque le soleil avait dépassé le zénith et commençait à baisser vers l'ouest. Elle se sentait gaie et heureuse. Son cœur débordait d'admiration et de gratitude pour le garçon assis à ses côtés. Elle ne savait comment le remercier. Elle laissa échapper les mots comme ils lui venaient:

— Quelle vie palpitante et merveilleuse, remplie de tant de surprises et de rebondissements ! Et quel conteur tu fais ! Je me suis sentie avec toi à chaque instant, escaladant les hautes clôtures, mangeant sous un abri de fortune, fuyant un paysan en colère de s'être fait voler ses pommes. Tout ça est…

Les mots lui manquèrent. Elle demeura sans bouger, ses yeux brillants fixés sur son compagnon.

Les compliments et le regard admiratif de Prudence avaient empourpré les joues de Philémon ; il se sentait à la fois flatté et embarrassé. Il décida d'adopter une attitude modeste.

— Oh ! Vous savez, Votre Altesse, dit-il en baissant les yeux, je n'ai rien fait d'extra-ordinaire. Et puis, dans ma situation, il faut bien que je me débrouille.

Prudence ne fut pas dupe un seul instant. Elle avait vu son ami baisser les yeux, mais elle avait aussi remarqué sa poitrine gonflée d'orgueil.

— Pas de fausse modestie, dit-elle, ça ne marche pas avec moi. Tu as à peine mon âge et tu te débrouilles tout seul, alors que moi…

La princesse soupira avant de poursuivre :

— Alors que moi, je ne sais rien faire. Je suis une empotée.

Casse-cou sentit la tristesse qui envahissait la jeune fille. Pour la consoler et la rassurer, il dit aussitôt :

— Mais, voyons ! Vous n'avez rien d'une empotée, Votre Altesse. Rappelez-vous seulement l'adresse avec laquelle vous avez descendu le mur de la tour où vous étiez emprisonnée. Vous avez réussi et pourtant vous n'aviez jamais rien tenté de semblable auparavant. Et puis, vous vous rappelez ce que je vous ai dit plus tôt, la première fois que je vous ai vue, quand j'ignorais qui vous étiez ?

Le visage de Prudence s'illumina d'un sourire.

— Mais oui, je me rappelle. Tu m'as dit que tu ne me trouvais pas peureuse parce que je me penchais dans le vide. Tu sais, c'est vrai que je n'ai peur de rien.

Toute ragaillardie, elle sourit encore, puis ajouta doucement :

— Philémon, veux-tu être mon ami ?

Casse-cou en eut le souffle coupé. Il se pinça, puis, certain de ne pas rêver, demanda, en bafouillant, à Prudence de répéter, ce qu'elle fit aussitôt. La regardant attentivement, Philémon comprit que sa compagne désirait sincèrement son amitié. Il sentit les larmes lui venir aux yeux et répondit :

— Bien sûr, Votre Altesse, que je veux devenir votre ami. Mais vous me faites trop d'honneur. Je...

Prudence le fit taire d'un geste.

— Philémon, dit-elle, sérieuse, c'est toi qui

me fais honneur en acceptant de m'accorder ton amitié. Je sais que tu n'as pas de titre de noblesse ; tu ne t'appelles pas comte de Ceci ou baron de Cela, c'est vrai. Mais tu possèdes la noblesse du cœur et, crois-moi, celle-là est bien plus rare et plus précieuse que l'autre. Allez, accepte !

La princesse sourit et conclut :

— Il y a une condition cependant. Un véritable ami ne saurait me donner tout le temps du « Votre Altesse ». Dorénavant, appelle-moi simplement « Prudence ».

— D'accord, P... Prudence.

Emportés par leur joie, les deux enfants se jetèrent dans les bras l'un de l'autre et se donnèrent une chaude accolade. Prudence murmura :

— Entre nous, maintenant, c'est à la vie, à la mort !

— Oui, répondit le garçon, à la vie, à la mort.

Ils demeurèrent serrés l'un contre l'autre un moment. Ils étaient heureux.

Un bruit rigolo se fit entendre, provenant du ventre de la princesse, ce qui lui rappela qu'elle n'avait rien avalé depuis le petit déjeuner. Casse-cou aussi avait faim, mais il n'était pas question de tenter une sortie pour trouver de quoi manger. Prudence ne s'en plaignit pas. Son compagnon la trouva courageuse, sachant qu'elle n'avait probablement jamais sauté un repas de sa vie. N'empêche, il restait pas mal de temps à passer jusqu'à la nuit. L'attente lui pesait.

Il eut l'idée de proposer à la princesse d'observer l'activité des environs du château. Peut-être se passerait-il quelque chose d'intéressant, qui sait ? Et puis, ça tuerait le temps jusqu'au soir. Sa compagne approuva et les deux jeunes s'installèrent le plus confortablement possible pour regarder dehors, à travers les hautes herbes.

L'après-midi tirait à sa fin et de petits groupes de soldats commençaient à rentrer. Ils avançaient lentement, traînant les pieds, la mine défaite, découragés de n'avoir rien trouvé. Ils imaginaient le désespoir de leurs souverains à les voir ainsi rentrer bredouilles. De temps en temps, un groupe un peu moins triste arrivait avec, attaché sur un cheval, un des rares criminels du royaume, retrouvé par hasard au cours des fouilles systématiques. Malheureusement, parmi ces malfaiteurs, interrogés dès leur arrestation, aucun ne possédait le moindre renseignement sur l'enlèvement de l'héritière du trône.

Les soldats discutaient entre eux et les

rumeurs allaient bon train. Peut-être des étrangers avaient-ils fait le coup. Dans ce cas, s'agissait-il de criminels isolés ou de l'acte d'un gouvernement hostile ? Ces rumeurs parvenaient aux enfants dont les oreilles attentives captaient des bribes de conversation.

Philémon trouvait toutes ces spéculations du plus haut comique. Quant à elle, la princesse voyait les choses sous un jour beaucoup plus sombre. Elle imaginait son père, désespéré, convoquer des ambassadeurs, se mettre à lancer des accusations à tort et à travers, et penser peut-être à la guerre. Elle réfléchit intensément et finit par conclure que Clovis Ier n'entraînerait jamais son pays dans une guerre, quels que soient ses sentiments personnels, à moins que la survie du royaume ne soit en jeu.

Elle se sentit suffisamment rassurée pour reporter son attention vers l'extérieur, mais il ne se passa plus grand-chose.

Le soleil baissait de plus en plus. Les quelques nuages qui flottaient paresseusement à l'horizon se teintèrent de magnifiques couleurs pastel. Les derniers militaires revinrent. Dès que tous les soldats furent rentrés, on rabaissa la lourde herse de fer. Des sentinelles prirent place sur les remparts et au sommet des tours. L'air calme se remplit du chant des grillons. La nuit s'installa.

Casse-cou balaya soigneusement les alentours du regard, cherchant à repérer quelque retardataire. Il ne vit rien d'alarmant ; aucun mouvement dans les hautes herbes, aucune silhouette à l'horizon. Satisfait de son examen, il retourna lentement son corps ankylosé par l'immobilité prolongée et s'aperçut que sa compagne dormait. Ému, il la regarda longuement, devinant sa forme dans l'obscurité, étendue sur le côté, les genoux repliés. Casse-cou prit doucement la main de la jeune fille et se rendit compte qu'elle était glacée. Il réalisa qu'il faisait frais.

Ils devaient partir au plus tôt afin de mettre le plus de distance possible entre eux et le château avant le matin. Il fallait aussi trouver de quoi se nourrir et de quoi vêtir Prudence plus chaudement et surtout plus discrètement. Bien qu'il lui coûta d'interrompre le sommeil de son amie, Philémon décida de la réveiller. Il l'appela doucement.

Prudence ouvrit les yeux. Elle parut un instant désorientée, puis son regard rencontra celui de Philémon. Elle lui dit bonjour, puis s'étira longuement. Elle s'assit et se mit à frictionner ses membres engourdis pendant que son compagnon exposait son plan.

Casse-cou expliqua qu'ils devaient avant tout s'éloigner du château. S'ils arrivaient à marcher sans faire de bruit, en se baissant pour se faire les plus petits possible, ils atteindraient sans se faire repérer un sentier que Philémon connaissait bien. Ce sentier passait tout près d'une ferme. En cherchant bien, ils trouveraient sûrement de quoi se sustenter.

La princesse exprima son accord.

Philémon se leva et sortit de la cachette, indiquant à Prudence d'attendre sans bouger. Il inspecta soigneusement les environs une dernière fois, puis fit signe à son amie de le suivre. Ils se mirent à avancer dans l'herbe haute, pliés en deux, et marchèrent ainsi pendant des minutes qui leur parurent interminables, s'attendant à tout moment à entendre une sentinelle donner l'alarme du haut d'une tour. Mais rien ne se passa et ils arrivèrent au sentier sans encombre.

Casse-cou poussa un soupir de soulagement avant de se redresser et de se retourner vers le château. « Voilà, se dit-il en contemplant la masse sombre maintenant à bonne distance. Nous sommes hors de danger, du moins pour l'instant. »

Prudence aussi regardait en direction du château. Observant l'enceinte de pierre qui l'avait abritée toute sa vie, elle la trouva petite et insignifiante, voire mesquine. Elle pensa à ses parents. Se sentant coupable de leur angoisse, elle aurait voulu pouvoir les rassurer. Mais, d'un autre côté, ils avaient bien cherché ce qui leur arrivait : c'est leur attitude intransigeante qui avait poussé Prudence à fuir.

Le garçon prit Prudence par la main. Ils ne pouvaient s'attarder. La princesse jeta un dernier regard vers la forteresse, puis lui tourna résolument le dos. Elle regarda Philémon dans les yeux :

— Je suis prête. Allons-y.

Le sentier courait d'est en ouest. Ils prirent la direction est en silence, la main dans la main.

Prudence levait souvent la tête pour contempler les étoiles qui brillaient doucement dans l'espace sans limites. Elle savourait une sensation de découverte permanente. Casse-cou se sentait heureux de l'accompagner.

Ils cheminèrent près d'une heure. Ils atteignirent le sommet d'une colline un peu plus haute que les autres et arrivèrent en vue d'une ferme. En contrebas, ils aperçurent une petite maison au toit de chaume dont la cheminée de pierre laissait échapper une légère fumée blanche. Non loin de là se trouvaient une grange et une construction plus petite, qui ressemblait fort à un poulailler. Un peu à l'écart, on voyait un potager de bonne dimension. Philémon pointa du doigt le potager et chuchota :

— Voilà notre garde-manger. Il ne reste plus qu'à nous servir.

— Allons-y ! Je meurs de faim.

Les jeunes descendirent la colline. Comme ils approchaient du but, Philémon lâcha la main de son amie et la pria de l'attendre là. Il s'approcha seul pour inspecter les lieux.

Il s'avança vers la chaumière à pas de loup, tous les sens aux aguets. Tout était calme. Les habitants dormaient. À l'arrière de la maison, il fit une découverte inespérée : des vêtements de toutes tailles pendaient à une corde à linge tendue entre deux poteaux. Retenant une exclamation, il examina rapidement les effets et trouva une jolie petite robe paysanne et une veste de laine à la taille de Prudence. Il eut la présence d'esprit de tout prendre, afin d'éviter que la disparition des seuls vêtements de fille n'éveille des soupçons. Il se servit d'un drap pour emballer le tout. Ensuite, il alla retrouver Prudence, qui fut fort soulagée de le voir réapparaître.

Casse-cou mit son doigt sur sa bouche pour lui signifier de garder le silence et leva son paquet bien haut pour qu'elle le voie. Puis ils se dirigèrent vers le potager.

Philémon défit le baluchon et dit :

— Regarde ce que j'ai trouvé. De quoi te vêtir plus discrètement. Tout ce qu'il manque, ce sont des chaussures pour remplacer tes pantoufles.

Il exhiba fièrement la robe et la veste.

— Merci, dit-elle en l'embrassant. Je vais les mettre tout de suite. Retourne-toi, s'il te plaît, pendant que j'enlève ma chemise de nuit.

Casse-cou obtempéra. Il entendit des froufrous de tissu, puis, dès que Prudence eut enfilé la robe, elle dit, en écartant les bras et en tournant sur elle-même :

— Voilà, c'est fait. Regarde-moi. Qu'en penses-tu ?

On n'aurait pu espérer mieux : le vêtement allait à Prudence comme si on le lui avait fait sur mesure. Philémon complimenta sa copine sur sa mise.

Ravie, Prudence enfila la veste qui se révéla aussi bien ajustée que la robe. La princesse se sentit à l'aise et bien au chaud dans le vêtement en laine. Elle nota qu'il lui faudrait se rappeler cette ferme et remercier plus tard ses habitants pour leur générosité involontaire, car l'idée de voler ne lui plaisait pas.

Pendant que sa compagne finissait de s'habiller, Casse-cou explora le potager. Il trouva des tomates, des concombres, des carottes et des navets, qu'il enveloppa dans un des draps. Après sa cueillette, Casse-cou suggéra à son amie de quitter les lieux pour aller manger en paix ailleurs.

Ils reprirent la route, laissant la ferme derrière eux.

Le paysage changeait. Les collines disparaissaient pour laisser place à une vaste plaine qui s'étendait jusqu'à la rivière. Philémon, qui connaissait bien les alentours, proposa de continuer jusqu'au cours d'eau. La jeune fille accueillit la proposition avec joie, curieuse de voir une rivière de près.

Moins d'une demi-heure plus tard, Prudence courut jusqu'au bord de l'eau et s'agenouilla pour se tremper les mains dans l'onde fraîche. Large en cet endroit d'une cinquantaine de mètres, la rivière coulait paresseusement entre des berges couvertes de hautes herbes et de roseaux. En se redressant, Prudence perdit soudainement pied sur le sol humide et glissant. Elle serait tombée à l'eau si Casse-cou ne l'avait rattrapée par la taille de justesse.

— Ouf ! dit Casse-cou, nerveux, il était moins une. D'autant plus que si tu étais tombée, je n'aurais pas pu aller te chercher, car je ne sais pas nager.

— Allons, dit Prudence en se redressant et en rajustant sa robe, ne fais pas cette tête. Je ne sais pas nager non plus, mais l'eau ne semble pas profonde du tout. Merci quand même. La nuit est fraîche et je suis bien contente de ne pas m'être mouillée.

Casse-cou se dirigea vers les paquets qu'ils avaient laissés derrière eux en approchant de la rive. Il sortit les provisions et alla laver quelques légumes à la rivière. Les deux amis mangèrent avec appétit, s'empiffrèrent même. Prudence ne tarit pas d'éloges sur la saveur des aliments frais cueillis.

Après le repas, la princesse fit remarquer que la nuit avançait et qu'il ferait bon dormir un peu.

Son compagnon acquiesça. Ils prirent des draps qu'ils étendirent sur l'herbe humide de rosée. Ils s'y allongèrent et utilisèrent les vêtements en guise de couvertures.

Prudence s'était couchée sur le dos pour regarder les étoiles. Elle sentit ses paupières s'alourdir et c'est d'une voix déjà endormie qu'elle dit :

— Bonne nuit, Casse-cou. Merci pour tout.

Étendu sur le côté, Philémon lui répondit doucement :

— Bonne nuit, Prudence. Fais de beaux rêves.

Une minute plus tard, ils dormaient tous deux profondément.

5

Prudence se réveilla en sursaut, alertée par un bruit. Elle se leva en vitesse et courut jusqu'à la rive, où elle s'assit pour observer une famille de canards qui s'ébattait dans l'eau. Elle fut bientôt rejointe par Philémon, réveillé lui aussi par les canards.

Les canetons formaient un charmant spectacle, battant furieusement l'eau de leurs pattes palmées et prenant de la vitesse, avant de s'arrêter soudain et de plonger la tête sous la surface, le derrière pointant vers le ciel. Les deux jeunes s'esclaffèrent plusieurs fois devant les prouesses de toute cette marmaille, puis la cane se mit à pousser sa famille plus haut sur la rivière, hors de vue.

Le soleil commençait à réchauffer la campagne ; les dernières gouttes de rosée avaient disparu. Prudence se sentait heureuse et libre. Elle demeura sans bouger, assise près de Philémon, à regarder l'eau, jouissant du soleil qui lui caressait le visage, jusqu'à ce qu'elle commence à ressentir la faim. Casse-cou aussi se sentait en appétit.

D'un commun accord, ils mangèrent le reste des légumes, tout en discutant de ce qu'ils aimeraient faire ensuite.

La princesse suggéra de traverser le cours d'eau et de continuer leur exploration vers l'est. Philémon, lui, préférait demeurer sur la rive ouest, qu'il connaissait beaucoup mieux. Plus il parlait, plus il devenait évident qu'il n'avait pas du tout envie de traverser. En fait, il se montrait presque effrayé à l'idée d'entreprendre cette expédition.

Surprise de voir Casse-cou si timoré, sa compagne voulut en savoir plus. Elle n'obtint qu'une réponse évasive, où il était vaguement question d'une forêt et d'animaux dangereux.

Loin de distraire la princesse, la maladroite tentative de diversion eut l'effet opposé et aiguisa sa curiosité. Elle dit à Philémon qu'il en avait trop dit ou pas assez et qu'elle ne le laisserait pas tranquille avant de connaître le fin mot de l'histoire.

Devant la détermination de la jeune fille, Casse-cou n'eut d'autre choix que de s'expliquer. Il poussa un profond soupir, puis se mit à déballer son sac.

Il dit qu'une vaste forêt couvrait une bonne portion de ce territoire, s'étendant du nord au sud. Cette forêt, dont la lisière est coïncidait avec la frontière, avait résisté à tous les efforts de défrichage.

On disait que plusieurs bûcherons y avaient péri, écrasés sous des arbres qui ne tombaient jamais dans la direction voulue. Chaque fois qu'à force d'acharnement, on avait réussi à dégager un bout de terre, les fermiers qui s'y étaient installés avaient trépassé de mystérieuse façon. Après quelques années, on avait abandonné tout espoir de coloniser cette région. Tout cela se passait à une époque reculée, bien avant le règne de Clovis Ier et Funégonde II.

Depuis, toutes sortes d'histoires circulaient sur la malédiction de la forêt. L'interdiction de fréquenter cette forêt, promulguée onze ans plus tôt par Clovis Ier, n'avait pas changé grand-chose aux us et coutumes, car, déjà à cette époque, aucune personne saine d'esprit n'y allait plus.

Quant aux terres situées entre la rivière et la forêt, couvertes d'herbe sauvage entrecoupée de rares champs cultivés, elles ne présentaient pas beaucoup d'intérêt.

Le garçon proposa donc de se diriger plutôt vers le sud et de remonter la rivière jusqu'aux terres les plus fertiles du pays où on trouverait de quoi s'amuser : une petite ville avec son marché et ses artisans, de nombreux villages aux habitants hospitaliers et des fermes bien entretenues où on embauchait parfois à la journée.

Prudence souhaitait plus que jamais traverser la rivière. Elle voulait à tout prix explorer cette forêt mystérieuse et pleine de dangers. Elle accordait fort peu de crédit à tous ces ragots de malédiction. Pour justifier sa décision, elle expliqua qu'il serait beaucoup plus sûr d'éviter les endroits fréquentés, si on voulait réduire les chances de se faire capturer.

Casse-cou réfléchit longuement à ce qu'il venait d'entendre. Il devait admettre que cela avait du sens. Et puis, peut-être Prudence avait-elle raison d'accorder peu de foi à toutes les histoires effrayantes sur la forêt. Même dans le cas contraire, il hésitait à passer pour un poltron. Alors, il annonça à son amie qu'il irait avec elle.

Le temps se révélait idéal pour tenter l'aventure. La matinée s'achevait et les chauds rayons du soleil d'été auraient vite fait de sécher leurs vêtements détrempés, une fois la rivière traversée. Ils se mirent en route, longeant la berge ensoleillée. Il leur fallut environ une demi-heure pour atteindre un passage à gué, marqué d'une croix de bois plantée dans le sol mou. Ils s'arrêtèrent et s'assirent pour se reposer un peu. Puis Philémon se leva et se mit à examiner la rivière pour évaluer la force et la direction des courants. Il remarqua que le niveau de l'eau se trouvait plus haut que d'habitude, ce qu'il attribua aussitôt aux pluies abondantes des dernières semaines.

La princesse se mit debout. Le garçon prit une grande respiration, puis recommanda à sa compagne de le suivre en avançant lentement et en assurant chacun de ses pas.

Casse-cou mit le pied à l'eau et fut agréablement surpris de sa douce fraîcheur. Ses premiers pas s'avérèrent difficiles, car ses pieds s'enfonçaient un peu dans la vase du fond. Cependant, après quelques mètres, la boue de la rive fit place à un beau sable fin, rendant la progression plus aisée.

Il se retourna pour voir si Prudence le suivait, puis il se remit à avancer et marcha sans encombre jusqu'au milieu de la rivière, son baluchon au-dessus de la tête, sa compagne le suivant de près. À cet endroit, l'eau lui arrivait juste sous le menton et il vit que la princesse, un peu plus petite que lui, devait s'étirer le cou pour garder la bouche et le nez hors de l'eau. Il fit encore quelques pas et entendit soudain un « cri » étouffé, accompagné d'un clapotis suspect.

Se retournant brusquement, il aperçut les mains de Prudence qui s'agitaient au-dessus de l'eau. Le courant l'emportait déjà et sa tête se trouvait sous la surface des flots.

En perdant pied, Prudence avait lâché un « oups » aussitôt étouffé par l'eau s'engouffrant dans sa bouche ouverte. Sa tête s'était tout de suite enfoncée sous l'eau et elle avait instinctivement levé les mains, tentant de trouver un appui pour se hisser à la surface.

Elle baissa les bras, ce qui eut pour effet de la faire remonter un instant, juste le temps de cracher l'eau qui emplissait sa bouche et d'aspirer une goulée d'air frais. Elle ne paniqua pas. En fait, elle n'avait pas du tout peur. Elle se mit à relever et à baisser les bras régulièrement, reprenant son souffle chaque fois que sa bouche se trouvait au-dessus de l'eau. Elle se mit à battre vigoureusement des pieds, ce qui lui fit perdre ses pantoufles gorgées de liquide et l'allégea sensiblement. Elle remonta rapidement et parvint à maintenir sa tête hors de l'eau.

Elle regarda autour d'elle. À travers les cheveux mouillés qui lui tombaient sur les yeux, elle aperçut Philémon qui s'agitait, à une vingtaine de mètres d'elle. Prudence remarqua qu'elle dérivait, suivant le courant. Impossible de le remonter : la meilleure solution consistait donc à se diriger vers la rive, tout en se laissant emporter vers l'aval. Elle commença à s'approcher du rivage. Comme elle progressait bien, elle prit le temps de jeter un coup d'œil à Philémon.

Quelle ne fut pas son horreur de le voir se débattre au milieu des flots, dans un état de panique totale. Il avait voulu venir à son secours et avait perdu pied à son tour. Il semblait sur le point de couler. La jeune fille se mit à nager furieusement, espérant l'intercepter avant qu'il ne coule pour de bon. Elle arriva juste à temps pour l'attraper par les cheveux, au moment même où il allait disparaître définitivement. Aussitôt, elle se sentit agrippée et entraînée vers le fond. Elle prit la plus grande respiration possible, puis se laissa couler avec lui.

Ils touchèrent le fond, à peine un mètre plus bas. Philémon ne s'agrippait plus : il avait perdu conscience. Prudence le saisit par un bras et se mit à marcher sur le fond sablonneux, espérant se diriger dans la bonne direction. En tout cas, elle remontait une pente. Juste au moment où elle se sentait incapable de retenir son souffle plus longtemps, sa tête émergea hors de l'eau et elle vit que la rive se trouvait tout près. Complètement épuisée, elle fit un effort surhumain et parvint à traîner son compagnon jusqu'à la berge, où elle le hissa tant bien que mal.

Les poumons en feu, tremblant de tous ses membres, la jeune fille vit que Casse-cou ne respirait plus. Elle trouva l'énergie de s'agenouiller auprès de lui et de le tourner sur le ventre. Elle appuya de toutes ses forces sur le dos du jeune garçon et vit l'eau jaillir de sa bouche. Puis elle le retourna sur le dos et commença à lui faire le bouche-à-bouche. Elle savait quels gestes poser, car elle avait appris toutes les mesures de premiers soins. Pour une fois, l'obsession de sécurité de ses parents la servait. Elle continua, inlassablement, déterminée à n'arrêter que lorsque la poitrine de Philémon se soulèverait et s'abaisserait d'elle-même.

La princesse commençait à désespérer : le corps qu'elle s'acharnait à ranimer ne manifestait toujours aucun signe de vie. Elle se mit à pleurer, sans pour autant cesser de s'activer. Soudain, un hoquet secoua la poitrine du jeune garçon, suivi d'un grand frisson qui lui agita tout le corps. S'étirant le cou, rejetant violemment la tête en arrière, il ouvrit la bouche toute grande et inspira profondément, puis fut pris d'une toux incontrôlable.

Pleurant de plus belle, mais de joie maintenant, Prudence l'aida à se tourner sur le côté. Il vomit, puis se remit à tousser. Il arriva à se lever sur un coude entre deux quintes de toux. Ouvrant enfin les yeux, il vit Prudence, assise à ses côtés, trempée jusqu'aux os, les cheveux collés au front, le visage mouillé mais resplendissant du sourire le plus heureux qu'il eût jamais vu.

Il essaya de parler. La gorge et les poumons en feu, il ne parvint pas à articuler un son. Elle-même incapable de dire quoi que ce soit, étranglée par l'émotion, Prudence lui fit signe de se taire.

Au bout de quelques instants, il grimaça de douleur et prononça quelques mots d'une voix rauque :

— Que... Que s'est-il passé, au juste ?

— Chut ! N'essaie pas de parler, dit Prudence. Tu as failli te noyer.

— Me noyer ? dit Philémon, surpris. Il secoua la tête, hébété.

Les souvenirs des récents événements commencèrent à affluer en désordre. Il comprit que Prudence l'avait sauvé. Quelle force de la nature ! se dit-il. Puis, débordant d'admiration et de reconnaissance, ne sachant comment exprimer sa gratitude, il dit simplement :

— Merci.

— Bof ! répondit-elle, faussement modeste, tu en aurais fait autant pour moi.

— C'est vrai !

Il enleva ses chaussures et ses chaussettes trempées, puis s'allongea sur le dos, bras et jambes écartés. Ses paupières s'alourdirent. Épuisé, il se dit qu'il faisait bon vivre, puis se laissa glisser doucement dans l'inconscience.

Prudence tourna la tête vers lui et songea qu'elle aimait vraiment beaucoup ce jeune garçon maigre au visage rieur. Elle souhaita de toutes ses forces que rien ne vienne jamais les séparer. Ils se connaissaient depuis un jour à peine, mais quel jour ! Que d'aventures ils avaient partagées en une seule journée, ayant même frôlé la mort ensemble. Sur ces pensées, le sommeil l'emporta elle aussi.

6

Philémon ouvrit les yeux. La position du soleil lui révéla qu'il avait dormi tout l'après-midi. Ses vêtements avaient séché. Il s'assit et vit Prudence qui dormait, allongée près de lui. Il remarqua qu'elle avait attrapé un bon coup de soleil sur le visage et les membres. « Pas surprenant, se dit-il. Avant hier, elle n'avait jamais mis le nez dehors de sa vie. »

Il enleva sa veste et en couvrit doucement les jambes de la princesse, prenant soin de ne pas la réveiller. Ensuite, il se plaça de façon à ce que son ombre se projette sur les bras et le visage rougis de Prudence, pour les protéger des rayons nocifs. Il posa sur la jeune fille un regard attendri. Elle se reposait si bien. Il écouta sa respiration, lente et régulière, et décida de la laisser dormir ; il en profiterait pour faire le point sur leur situation.

Il fallait trouver de quoi manger. Qui plus est, Prudence avait perdu ses pantoufles. Le garçon lui aurait volontiers donné ses propres bottes, mais ses pieds menus se blesseraient à frotter dans ces chaussures trop grandes. La princesse devrait donc aller pieds nus pour le moment. Tant qu'on marcherait dans l'herbe, tout irait bien.

Ses bottes étaient sèches ; il les enfila tout en continuant à réfléchir. La veille, sous le ciel étoilé, les jeunes n'avaient nullement ressenti le besoin de s'abriter, mais de gros nuages sombres commençaient à s'accumuler à l'horizon et laissaient présager des averses ou des orages pour la nuit.

Prudence ouvrit les yeux et s'étira paresseusement, rompant le fil des pensées de son ami.

— Bonjour, Philémon. Comme j'ai bien dormi.

Voyant l'air soucieux de son compagnon, elle ajouta, vaguement inquiète :

— Tu as l'air préoccupé ! Dis-moi, s'est-il passé quelque chose durant ma sieste ?

— Mais non, répondit doucement Philémon en lui souriant, je réfléchissais simplement.

Il fit part de ses réflexions à sa compagne qui lui répondit de ne pas s'en faire ; la forêt leur offrirait sûrement abri et nourriture. Quant aux chaussures, la perspective de sentir l'herbe sous ses pieds ne lui déplaisait pas du tout. Philémon répliqua qu'il était hors de question de songer à atteindre la forêt avant la nuit ;

l'après-midi tirait déjà à sa fin et la lisière de la forêt se trouvait à près de douze kilomètres.

Ils devaient se mettre en marche. Casse-cou demanda à la princesse si elle se sentait en forme.

Prudence allait bien, mais elle avait une désagréable sensation de brûlure sur la figure et les membres. Philémon lui expliqua qu'elle souffrait d'un coup de soleil et que la brûlure disparaîtrait au bout de quelques jours.

Prudence prit la main de son ami, lui dit qu'elle se sentait parfaitement d'attaque et qu'on avait suffisamment perdu de temps comme ça. Elle se mit à marcher, entraînant Philémon.

Ils partirent en suivant la direction de leur ombre, qui s'allongeait de plus en plus vers l'est.

Les collines se révélèrent plus abruptes que celles de la veille, à tel point qu'ils devaient parfois s'aider de leurs mains pour les gravir. Les petits cailloux étaient rares, ce qui rendait la marche plus aisée pour Prudence qui commençait à avoir mal aux pieds, elle qui, toute sa vie, n'avait connu que le confort des chaussures faites sur mesure et des surfaces rembourrées.

Ils marchèrent longtemps et ne s'arrêtèrent que pour boire à un petit ruisseau. Philémon leva son regard vers le ciel. Ses pires craintes concernant le temps allaient bientôt se confirmer. De gros nuages noirs roulaient au-dessus d'eux et le vent se levait. N'ayant découvert aucun refuge, il soupira en songeant qu'ils devraient probablement continuer leur marche toute la nuit; il ne voyait pas d'autre façon de se garder au chaud que de faire travailler leurs muscles. La princesse avait dû arriver à la même conclusion, car elle dit d'une voix lasse:

— Je crois que nous devrions poursuivre notre route. Nous ne sommes arrêtés que depuis quelques instants et je commence déjà à prendre froid.

— Tu as raison, dit-il, allons-y.

Casse-cou suggéra de suivre le ruisseau qui coulait en direction de la forêt. Par chance, ils tomberaient peut-être sur un endroit habité où ils trouveraient de quoi manger et un abri pour la nuit.

7

Ils repartirent, suivant le tracé sinueux du petit cours d'eau. Leurs jambes fatiguées les portaient tant bien que mal dans les vallons que parcourait le ruisseau ; au moins, ils ne grimpaient plus.

Ils cheminèrent longtemps. Enfin, alors qu'ils s'engageaient dans une vallée profonde, le vent humide se mit à souffler avec plus de violence et les fit grelotter. Prudence, épuisée et transie, voulut s'asseoir quelques minutes. Elle se laissa tomber sur le sol. Philémon regarda en direction de l'extrémité de la vallée où un petit boisé se profilait. Il aperçut une lueur entre les arbres et la désigna à Prudence.

La princesse sauta sur ses pieds. Les deux jeunes reprirent la route, courant presque, en direction de la lueur. Ils purent bientôt en identifier la source, une minuscule fenêtre carrée percée dans le mur d'une cabane de bois rond, près de laquelle se dressaient quelques arbres à l'allure tourmentée.

À cinquante mètres environ, les enfants commencèrent à mieux distinguer les contours de la cabane. Elle était à peine visible sur le fond sombre de la colline. Une petite cheminée surmontait le toit et l'épaisse fumée qui s'en échappait était aussitôt emportée par les rafales. S'approchant encore, ils crurent voir une espèce d'ouverture creusée dans la colline, non loin de la cabane.

Prenant garde de ne faire aucun bruit, Prudence et Philémon s'avancèrent jusque sous la fenêtre. Philémon se dressa sur la pointe des pieds et risqua un coup d'œil à l'intérieur.

Un foyer de pierre lui faisait face, dans lequel brûlaient de bonnes bûches. Assis dos à la fenêtre, sur une chaise branlante, un homme immense, aux longs cheveux hirsutes, vêtu d'une veste et d'un pantalon de cuir crasseux, se chauffait les mains près de la flamme. Accroché à la chaise, un carquois en peau de daim laissait dépasser les pointes acérées de carreaux d'arbalète. L'arme elle-même, bandée et chargée, était posée par terre.

Comme le géant lui tournait toujours le dos, Casse-cou prit le temps d'explorer du regard le reste de la pièce. Une marmite gisait dans un coin, près d'une paillasse aux couvertures défraîchies. Une table bancale occupait l'autre coin. Sur la table, un panier d'osier débordait de victuailles : pain, légumes et fruits de toutes sortes. Des étagères de fortune occupaient les murs. Sur une de ces étagères, il remarqua des couteaux au manche d'or ciselé sur lequel on voyait briller les feux de nombreuses pierres précieuses. Les lames, sans la moindre trace de rouille, montraient des tranchants aiguisés. Ces armes détonnaient dans une si pauvre cabane.

Philémon aida Prudence à se soulever pour qu'elle jette aussi un coup d'œil. Puis le garçon regarda autour de lui et désigna l'ouverture à flanc de colline. Prudence approuva de la tête et les deux jeunes franchirent les quelques mètres les séparant de la mystérieuse entrée.

On n'y voyait rien. Une fois franchie l'entrée, haute d'environ deux mètres et large d'autant, l'obscurité était totale. Philémon, craintif, ne s'avança pas davantage.

Prudence prit l'initiative. Elle leva les mains devant elle, puis fit quelques pas dans le noir. Elle progressa ainsi à tâtons sur une dizaine de mètres, avant que ses mains ne rencontrent une paroi de pierre froide et humide. Elle appela Casse-cou pour qu'il la rejoigne.

Il se mit à avancer, plus ou moins au hasard, et finit lui aussi par toucher le roc humide. Puis sa main rencontra un nez et une bouche.

Prudence sursauta en portant instinctivement la main à son visage. Elle trouva celle de son compagnon et fit courir ses doigts jusqu'au bras maigre. Un éclair déchira le ciel, éclairant l'intérieur de la caverne. Les deux amis eurent juste le temps d'entrevoir une pile d'objets hétéroclites entassés contre le mur. Quelques secondes plus tard, un formidable roulement de tonnerre se fit entendre, amplifié par les parois rocheuses. La pluie se mit à tomber au-dehors; l'orage avait éclaté.

La princesse se dirigea à tâtons vers l'endroit où elle avait aperçu les objets, la main de Philémon posée sur son épaule. Son pied toucha une aspérité et elle trébucha. Elle projeta les bras en avant pour se retenir et heurta un objet dur qui tomba dans un bruit d'enfer.

Prudence n'était pas tombée. Au moment de la chute, la main de Casse-cou l'avait retenue. La foudre illumina la grotte encore une fois, assez longtemps pour révéler des pièces d'armure, des lances et des armes de toutes sortes éparpillées sur le sol. Le tonnerre gronda. En l'entendant, les deux jeunes eurent la même pensée: leur propre vacarme risquait d'alerter quelqu'un.

La princesse suggéra à voix basse de rebrousser chemin en faisant attention de ne plus faire de bruit. Ils commencèrent à battre en retraite, gardant les mains appuyées au mur pour se guider.

Concentrés sur leur progression, ils ne réalisèrent pas tout de suite ce qui se passait quand une lueur tremblotante les éclaira, faisant danser leur ombre sur le mur de pierre. Casse-cou remarqua son ombre sur la paroi. Il se retourna, imité par Prudence, qui avait également pris conscience du nouvel éclairage.

Ils se retrouvèrent face à face avec l'homme de la cabane, qui portait une torche de la main gauche et tenait dans l'autre une arbalète pointée directement vers la tête de Casse-cou. Son regard sombre aurait effrayé n'importe qui ; n'importe qui, sauf Prudence.

La princesse regarda le géant droit dans les yeux. D'un ton ferme, elle lui dit de ranger son arme avant de blesser quelqu'un. En entendant ces paroles, Philémon avait pâli de frayeur. Le terrible personnage, quant à lui, s'était contenté d'éclater d'un rire gras, ce qui lui valut un regard chargé de colère de la part de la princesse. Avant qu'elle puisse dire au mécréant sa façon de penser, celui-ci, sarcastique, s'adressa à elle :

— Et que va-t-il se passer si je refuse ? Tu vas me désarmer toi-même ?

Prudence, outrée par le ton narquois de son interlocuteur, apostropha le sinistre individu :

— Monsieur, vous n'êtes qu'un malotru... Un malotru et un lâche, pour pointer ainsi une arme sur deux jeunes sans défense ! Vous devriez avoir honte.

Casse-cou, abasourdi par l'audace de la jeune fille, sentit ses genoux se dérober sous lui.

L'homme, lui, avait cessé de rire. Son regard se fit dur lorsqu'il répondit, la voix tremblante de colère contenue :

— Moi, avoir honte ? Je surprends deux petits paysans en train d'essayer de faire main basse sur ma collection de trophées de guerre et je devrais avoir honte ? Tu te prends pour qui ?

Prudence se sentit piquée au vif et elle répondit fièrement, sans réfléchir :

— Je me prends pour Son Altesse la princesse Prudence, fille unique du roi Clovis Ier et de la reine Funégonde II. Voilà pour qui je me prends, finit-elle en croisant les bras et en relevant la tête.

Casse-cou lui décocha un coup de pied dans le tibia. Réalisant qu'elle venait de révéler son identité, Prudence se mordit les lèvres.

Interloqué, le personnage baissa son arbalète.

— Toi, dit-il, une princesse ? Allons donc.

Pourtant, elle disait peut-être la vérité, après tout. Il se rappela la visite d'une patrouille de soldats, la veille, qui cherchait la princesse.

— En supposant que tu sois la princesse, dit-il, cela te donne-t-il le droit de m'insulter, petite insolente? Et si tu dis vrai, comment as-tu échappé à tes ravisseurs? Car on t'a enlevée, n'est-ce pas?

Philémon choisit ce moment pour intervenir. Il s'éclaircit la voix, attirant sur lui les regards, puis expliqua:

— Il s'agit bien de Prudence, mais personne ne l'a enlevée; c'est moi qui l'ai aidée à s'évader du château.

— Comment? Toi, tu aurais fait évader une princesse? dit le bonhomme, incrédule.

— C'est vrai! s'exclama Prudence. Mon ami m'a aidée à m'enfuir. Quant à savoir pourquoi je me suis évadée, ce serait trop long à expliquer, mais sachez qu'on m'avait enfermée injustement.

— Peut-être, répondit l'homme, touché par l'accent de sincérité de la jeune fille, mais ça n'explique pas ton arrogance. Toute princesse que tu sois, tu n'as pas pour autant le droit de t'introduire chez les gens pour les voler.

Philémon jugea bon d'intervenir.

— Prudence n'est pas arrogante... Si elle vous a parlé comme elle l'a fait, ce n'est pas parce qu'elle croit que son rang lui donne tous les droits ; c'est parce qu'elle ne connaît pas la peur.

Le gros personnage eut l'air intrigué. Dehors, l'orage redoubla de violence, à tel point que le vent s'engouffra dans la grotte et fit vaciller la flamme de la torche. Le colosse réalisa que les jeunes avaient froid et leur dit :

— Écoutez... J'aimerais bien tirer tout cela au clair. Nous serions plus à l'aise chez moi pour en parler. Venez, je vous offre l'hospitalité pour la nuit.

Les deux amis ne se le firent pas dire deux fois. Précédés du colosse, ils bravèrent l'orage et coururent jusqu'à la cabane où ils entrèrent en vitesse.

Le colosse invita les enfants à s'asseoir devant le feu pour se réchauffer. Philémon et Prudence s'assirent donc par terre sur le plancher de bois près du foyer, pendant que leur hôte déposait son arbalète et soufflait la torche.

Le gros type se présenta :

— Je m'appelle Gohémond, dit-il, Gohémond Sans-Merci. Et toi ? poursuivit-il en désignant le jeune garçon.

— Je m'appelle Philémon, répondit ce dernier, ou Casse-cou. C'est comme vous voulez.

— Casse-cou ! dit Gohémond. Comme c'est comique. Alors, va pour Casse-cou.

— Pourquoi Sans-Merci ? demanda soudain Philémon, inquiété par le surnom de son hôte.

— C'est une longue histoire, répondit Gohémond. Je te la conterai peut-être plus tard, si ça t'intéresse toujours. Pour l'instant, sache seulement qu'il y a longtemps que je n'ai rien fait qui mérite pareil surnom.

Gohémond alla chercher le panier de nourriture sur la table et le plaça entre Casse-cou et Prudence, les invitant à manger à leur faim. Ils le remercièrent, puis se mirent à dévorer le contenu du panier. Gohémond, assis sur sa chaise, les regarda avaler la nourriture en silence.

Finalement, quand les gamins eurent avalé leurs dernières bouchées, ils remercièrent leur hôte et répondirent de bon gré à toutes ses questions. Gohémond les jugea sincères et sans malice. De plus, leur insouciance et leur soif de liberté lui plaisaient.

L'orage avait cessé depuis un bon moment. Il se faisait tard. Gohémond bâilla.

— Écoutez, dit-il, vos histoires sont fascinantes, mais la nuit avance et j'aimerais bien me coucher. Vous, prenez mon humble paillasse ; moi, je dormirai par terre.

Prudence le remercia de l'invitation, puis s'installa avec Casse-cou sur le lit de Gohémond, qui s'étendit quant à lui à même le sol. Ils eurent tous à peine le temps de se souhaiter bonne nuit avant de s'endormir, tellement ils étaient fatigués.

8

Au château, la tempête rageait toujours. Le roi et la reine se tournaient et se retournaient sur leur couche, plongés dans un sommeil agité, tourmentés par des rêves affreux.

Un roulement de tonnerre particulièrement violent réveilla le roi en sursaut. En sueur, Clovis Ier s'assit brusquement dans son lit. Il entendit la reine qui geignait à ses côtés. Il se tourna vers Funégonde II et lui secoua doucement l'épaule tout en lui parlant à voix basse.

— Vous rêvez, ma mie, vous rêvez, dit-il. Allons, réveillez- vous. Je suis là, tout près de vous.

La reine ouvrit les yeux et aperçut son mari.

Encore agitée par son cauchemar, elle respira profondément et essaya de rassembler ses pensées.

Submergée par l'émotion, Funégonde II se blottit contre son mari et se mit à pleurer.

— Ma petite fille, dit-elle entre ses sanglots, ma petite fille, la reverrons-nous un jour ?

— Mais oui, nous la retrouverons, dit le roi

en caressant les cheveux de sa femme.

Il la berça doucement. Tout en la consolant, il se dit que, dans le fond, il commençait lui aussi à désespérer. La deuxième nuit depuis l'enlèvement tirait à sa fin, et toujours aucune nouvelle. Pourtant, Dieu sait qu'on n'avait pas ménagé les efforts. Clovis Ier se remémora les événements, tentant de déceler une erreur ou une omission. Il se rappela la fin de la première journée de recherches, lorsque le capitaine des gardes avait fait son rapport et avait soulevé l'hypothèse de malfaiteurs étrangers. Il avait convoqué promptement une réunion du Conseil des pairs et avait invité tous les ambassadeurs étrangers à y assister. Il ne se rappelait pas clairement les réactions des ambassadeurs et le regrettait, car ces réactions recelaient peut-être des indices.

Clovis Ier, reportant son attention sur son épouse, se rendit compte qu'elle s'était endormie sur son épaule, épuisée d'avoir trop pleuré. Le plus délicatement du monde, le roi lui posa la tête sur l'oreiller. Puis, comme lui-même ne s'endormait pas, il se leva et commença à arpenter la pièce en continuant à réfléchir aux ambassadeurs.

Il décida d'en avoir le cœur net. Il ne pouvait y arriver seul : il lui fallait prendre conseil. Or, une seule personne dans le royaume avait l'esprit suffisamment tortueux et hypocrite pour y voir clair : le chef du protocole, diplomate de carrière, rompu à toutes les subtilités du langage, capable de réciter les pires mensonges avec l'accent de la sincérité la plus pure. « Voilà qui peut m'aider », se dit le roi en pensant à celui qu'on surnommait « la Couleuvre ».

Il sortit et se dirigea d'un pas leste vers les appartements du chef du protocole. Arrivé à la chambre de ce dernier, le roi frappa à la porte. Un grognement étouffé traversa l'épaisse porte de chêne, puis une voix mielleuse empreinte à la fois de surprise, de colère et d'obséquiosité demanda : « Qui va là ? »

Au son de cette voix, le roi ne put s'empêcher d'admirer le talent de son premier diplomate. « Dommage que je doive un jour me priver de ses services », se dit Clovis Ier.

En effet, le roi redoutait que les manœuvres, intrigues et calomnies de « la Couleuvre » ne finissent par nuire au royaume. Lorsque cela se produirait, il faudrait se débarrasser de lui. Enfin, la raison d'état et l'exercice du pouvoir exigeaient parfois de poser des gestes radicaux, ce qui peinait beaucoup Clovis Ier.

— Qui va là ? répéta « la Couleuvre », tirant le roi de ses réflexions.

— C'est votre souverain, répondit Clovis Ier.

Je souhaite m'entretenir avec vous.

— Mais bien sûr, Votre Majesté, je vous ouvre à l'instant, répondit le diplomate avec empressement.

Le roi entendit le bruit des verrous qu'on tirait, puis la porte s'ouvrit sur le fonctionnaire. Ce dernier, habituellement vêtu avec goût et impeccablement coiffé, avait l'air parfaitement ridicule au sortir du lit, avec ses cheveux poivre et sel en désordre, et ses yeux cernés aux paupières tombantes. Sa chemise de nuit soulignait cruellement sa bedaine naissante, qui contrastait comiquement avec ses membres frêles. Une araignée, pensa le roi, ne pouvant réprimer un sourire à la vue du personnage. Il a l'air d'une araignée, pas d'un serpent. Il ne doit sûrement pas son surnom à son physique.

« La Couleuvre », bien que blessé par le sourire moqueur de son maître, n'en laissa rien paraître et s'inclina bien bas. Puis, s'effaçant pour céder le passage à son souverain, il l'invita à entrer.

L'entretien fut bref. D'après le chef du protocole, il était inévitable que les gouvernements des royaumes voisins cherchent à exploiter la situation. Selon lui, cela ne pourrait que servir Clovis Ier, car les rois voisins essaieraient de retrouver Prudence et ainsi se mériter la reconnaissance de son père.

Le roi retourna se coucher, soulagé de croire que ses voisins l'aideraient. Il ne pouvait pas deviner que « la Couleuvre » complotait avec l'ambassadeur du royaume de Perphydie pour éliminer Prudence. Le diplomate espérait ainsi profiter du désarroi du roi et de la reine à la suite de la disparition de leur héritière pour s'emparer du pouvoir.

9

La vallée s'éveillait, illuminée par la lumière dorée du soleil matinal. Une bonne odeur de terre humide montait du sol, tout frais encore de l'orage qui l'avait désaltéré la veille. Une brise légère agitait l'herbe et faisait bruire le feuillage, aidant le soleil à assécher les dernières gouttelettes de rosée. Les oiseaux chantaient gaiement et ébouriffaient leur plumage avant de prendre leur envol. Les écureuils s'affairaient déjà, à la recherche de noix et de glands. Le ruisseau, gonflé par la pluie, devenait presque une petite rivière qui agitait ses méandres de joyeux tourbillons. Dans l'air limpide vibraient les coups de hache de Gohémond qui, torse nu et ruisselant de sueur malgré la fraîcheur du matin, fendait du bois sur une vieille souche.

Le colosse s'arrêta et planta sa hache dans la souche. Il pensa aux jeunes qui dormaient encore. Il les aimait bien. La princesse, si naïve et si courageuse, éprise d'aventures, ressemblait peu aux autres filles de la noblesse, souvent blasées dès la plus tendre enfance. Et lui, le petit orphelin à l'esprit chevaleresque, était si jeune et déjà si riche d'expérience. Tout attendri en pensant à ses invités, Gohémond se dit qu'ils auraient sûrement faim au réveil. Il allait leur préparer quelque chose de bon.

Il se pencha pour ramasser le bois coupé et en prit une bonne brassée. Il se releva et, les bras chargés, poussa du pied la porte de la cabane. En entrant, il jeta un coup d'œil vers la paillasse et constata que les jeunes n'avaient pas bougé. Il fit du feu, puis prit une petite marmite sur une des étagères et ressortit pour puiser de l'eau au ruisseau. En revenant, il fit chauffer la marmite et mit le petit déjeuner à cuire.

L'odeur des céréales qui cuisaient sur le feu éveilla Prudence. En ouvrant les yeux, elle vit Gohémond assis sur une chaise devant le foyer.

— Bonjour, dit-elle. Mmm ! ça sent bon.

— Bonjour, répondit Gohémond en se tournant vers elle.

Il sourit, découvrant des dents inégales dont plusieurs étaient cassées. En fait, le visage de Gohémond Sans-Merci était effrayant, défiguré par les balafres que ne parvenait pas à cacher la barbe abondante, buriné par le soleil et le vent. Pourtant, son regard pouvait vous envelopper d'une grande douceur, comme c'était le cas maintenant, tandis qu'il souriait à la princesse.

Prudence rendit son sourire à Gohémond, qui reporta son attention vers le mélange sur le feu. La princesse s'étira, puis s'assit sur le bord du lit et entreprit de se gratter ; son coup de soleil l'incommodait sérieusement. Enfin, songea-t-elle, ça finira bien par passer.

Casse-cou, réveillé par les mouvements de sa compagne, bâilla et s'assit à ses côtés.

— Bonjour tout le monde, lança-t-il joyeusement. Comme ça sent bon ! J'ai faim... Qu'est-ce que c'est ? ajouta-t-il en jetant un regard vers la marmite.

— Des céréales aux noix, un mélange de ma composition dont vous me direz des nouvelles, répondit Gohémond sans se retourner. D'ailleurs, c'est prêt.

Prudence mit la table pendant que le gros homme enlevait la marmite du feu. Quant à Philémond, il se saisit d'un petit seau qu'il alla remplir au ruisseau, puis servit à chacun un bon gobelet d'eau fraîche.

Ils se mirent à table. La nourriture chaude était délicieuse et tous mangèrent de bon appétit. Tout en mangeant, Prudence rappela à Gohémond qu'il avait promis de raconter son histoire.

Déposant sa cuillère de bois, celui-ci entreprit de narrer ses aventures.

Il avait toujours été costaud pour son âge. Fils de fermier, il avait dû travailler dur. À seize ans, il était déjà plus fort que bien des hommes faits. Aussi, lorsqu'il se rendait à la taverne avec son père pour prendre un pot, on le défiait souvent à la lutte. Un jour, un soldat, humilié d'avoir perdu un combat contre un adolescent, avait tenté de le poignarder. En se défendant, Gohémond avait retourné le couteau contre son agresseur.

— Oh! fit Prudence en mettant sa main devant sa bouche.

— Tu l'as tué? dit Casse-cou, tout blême.

— Non, dit Gohémond, je l'ai blessé gravement. Alors, je me suis enfui.

— Mais, dit Prudence indignée, c'était un cas de légitime défense!

— Ah! mais, ma petite princesse, les choses ne sont pas si simples. Vois-tu, c'était un militaire et je n'étais qu'un simple manant.

— Je comprends, dit Prudence d'un ton réfléchi.

— Alors, qu'as-tu fait? demanda Philémon, anxieux de connaître la suite.

— Alors, je me suis enfui. J'ai erré pendant

quelque temps, me cachant dans les étables la nuit. Cela se passait peu avant les noces du roi et de la reine, et Clovis Ier avait décrété une amnistie générale pour l'occasion. Cette amnistie s'appliquait à tous les crimes à l'exception des meurtres prémédités. Elle s'appliquait donc à moi. Ne sachant trop que faire, je me suis engagé dans l'armée. Il y a eu à cette époque une courte guerre contre le royaume de Perphydie, dirigé à ce moment-là par Hypocritte V, père d'Hypocritte VI, le roi actuel. Je me suis fait remarquer au cours de cette guerre, car j'avais du talent pour le métier des armes. Mais j'étais aussi très indiscipliné et on a fini par me chasser de l'armée pour insubordination. Alors, j'ai quitté le royaume pour m'engager comme mercenaire. J'ai fait des tas de guerres dans tout le monde connu. J'étais impitoyable, ce qui m'a valu le surnom de Sans-Merci. Les armes dans la caverne, les couteaux sur les étagères, ce sont mes trophées de guerre.

— Moi aussi, je serai mercenaire, s'écria Philémon.

— J'espère bien que non ! répondit Gohémond. J'ai amassé bien des trophées, c'est vrai, mais j'ai aussi collectionné les blessures et les cicatrices. Et puis, quand on fait la guerre, on n'accomplit pas que des faits d'armes. On tue souvent des innocents. Un jour, le poids des morts et des injustices s'est révélé trop lourd à porter ; j'ai déposé les armes et je suis venu me réfugier ici, loin de l'agitation et des conflits.

— Ça te dirait de repartir à l'aventure, mais sans guerroyer ? demanda Prudence. Tu pourrais venir avec nous. Philémon et moi, nous allons explorer la forêt.

Gohémond refusa tout net. La forêt portait malheur. Lui-même ne s'y aventurait que bien armé, et encore. Il se contentait de poser quelques collets à la bordure des arbres, histoire de capturer un lièvre de temps en temps pour améliorer son ordinaire.

Prudence insista et Philémon se mit aussi de la partie, disant combien il se sentirait rassuré d'être accompagné par un dur.

Le colosse se renfrogna.

— Il n'est pas question que j'aille risquer ma vie dans la forêt.

— Tu te laisses impressionner par de vieilles superstitions, voilà tout, dit la fillette, provocante.

— Superstitions, mon œil ! tonna Gohémond.

Prudence haussa les épaules.

Gohémond croisa les bras et secoua la tête.

Il comprenait que Prudence ne reviendrait pas sur sa décision et que Philémon, en ami fidèle, la suivrait jusqu'au bout. Il se sentait déchiré entre la colère devant leur obstination et l'admiration devant leur esprit d'aventure. Alors, que faire ?

Philémon et Prudence le regardèrent sans mot dire pendant qu'il réfléchissait. La princesse brisa le silence.

— Alors, dit-elle au colosse, tu viens ou pas ?

Gohémond soupira, puis, sa décision finalement prise, la regarda droit dans les yeux.

— Non, dit-il, je n'irai pas avec vous.

Devant la mine déçue des jeunes, il ajouta :

— Je ne vous accompagnerai pas, mais je ne vous laisserai pas partir les mains vides. Le moins que je puisse faire, c'est de vous équiper pour l'aventure. D'abord, Prudence, tu ne peux pas marcher pieds nus dans la forêt. Je vais te confectionner des chaussures. J'ai sûrement du vieux cuir quelque part...

Il se mit à fouiller sous une trappe dans le plancher et en ressortit des bouts de cuir et des vieux lacets. Il sortit également une gourde, un sac de céréales et un lourd médaillon de fer sur lequel un guerrier en armure se détachait en relief. Le bijou était attaché à une chaînette.

Il regarda autour de lui, puis alla vers l'étagère où étaient rangées ses dagues. Il en choisit une, magnifique, au manche d'or surmonté d'une énorme émeraude. La lame effilée se terminait en une pointe acérée. Il glissa le couteau dans sa ceinture de cuir cloutée, puis, solennellement, il s'approcha de ses hôtes.

Il passa la chaîne autour du cou de la princesse en lui disant :

— Ce médaillon m'a un jour sauvé la vie. Je te l'offre en espérant qu'il te portera bonheur à toi aussi.

— Merci, dit Prudence, émue, en baissant les yeux sur le disque de fer. Mais pourquoi t'en sépares-tu, puisqu'il t'a porté chance ?

Gohémond lui répondit :

— Tu sais, je ne le porte plus depuis longtemps. Dans cette vallée paisible, de quel danger devrais-je me protéger ?

Prudence porta la main au lourd colifichet. Elle ne croyait pas aux porte-bonheur, mais le geste du colosse la touchait beaucoup. Elle lui sourit.

Philémon posa la question qui lui brûlait les lèvres :

— Ce médaillon, il a arrêté une flèche ? Il a fait dévier un coup de couteau ? demanda-t-il à

Gohémond, les yeux brillants de curiosité.

Ce dernier sourit, puis répondit en rigolant :

— Rien de tel, jeune homme, rien de tel. Simplement, je n'ai plus jamais été gravement blessé dans une bataille après qu'un chevalier me l'ait offert. Mais assez parlé de ça. Pour toi, j'ai autre chose.

Gohémond porta la main à sa ceinture et en sortit la dague, qu'il présenta à Casse-cou.

Celui-ci regarda l'arme, puis Gohémond. Il rougit.

— Je ne peux pas accepter, dit-il. Cette dague doit valoir une fortune.

Le colosse prit la main de Philémon et y déposa l'arme.

— Prends-là, dit-il. Sa véritable valeur ne réside pas dans l'or de son manche ni dans les bijoux dont elle est sertie, mais bien dans la solidité de sa lame, si dure que jamais je n'ai émoussé son tranchant.

C'était la première fois depuis que ses parents étaient morts que Philémon recevait un cadeau. Il aurait voulu sauter au cou de Gohémond. Au lieu de ça, embarrassé, il se contenta de baisser les yeux pour admirer l'arme.

— Je ne sais pas quoi dire... fit-il. Enfin, merci. J'aimerais t'offrir quelque chose en retour...

Le gros homme l'arrêta d'un geste.

— Si tu veux absolument m'offrir quelque chose, dit-il, et ça vaut pour toi aussi, Prudence, arrange-toi pour revenir vivant... Bon, si vous voulez partir aujourd'hui, je ferais mieux de me mettre au travail et de faire des chaussures pour Prudence.

Il se mit en train et les jeunes le regardèrent.

Lorsqu'il eut terminé, il fit essayer les chaussures de fortune à la princesse. Elles lui allaient parfaitement. La princesse remercia le cordonnier improvisé qui, fier de son travail, lui fit une courbette des plus comiques.

Il approchait midi. Prudence sentit que le moment des adieux était venu. Son visage devint mélancolique; elle regrettait un peu de partir.

Gohémond s'affaira à préparer un petit baluchon pour leur voyage. Il mit dans le paquet le sac de céréales aux noix, une petite marmite, deux écuelles de bois et quelques ustensiles.

En voyant ces préparatifs, Philémon cessa de jouer avec sa dague. Il devinait que Prudence souhaitait prendre la route bientôt. Il se sentait prêt; prêt et résolu. Il attribua son regain d'optimisme à l'arme que lui avait donnée Gohémond.

Casse-cou décida de prendre l'initiative. Il se leva et alla prendre le baluchon que Gohémond avait déposé près de la porte, puis tendit la main à la princesse, l'invitant à l'accompagner.

Prudence fut surprise par l'enthousiasme de Casse-cou. Son regard tomba sur la dague, qui avait presque l'air d'une épée sur un garçon de sa taille, et elle comprit. Elle lui sourit et lui dit :

— Je suis prête, mon preux chevalier.

— Alors, allons-y sans plus attendre, dit Philémon.

Gohémond s'approcha d'eux et leur serra la main.

— Bonne chance, dit-il. J'espère que nous nous reverrons un jour.

— Tu sais, dit la princesse, c'est Gohémond Grandcœur qu'on aurait dû t'appeler, pas Gohémond Sans-Merci.

Le gros homme haussa les épaules. Pourtant, en son for intérieur, il était profondément touché. Au cours de sa vie, il n'avait pas eu souvent l'occasion d'être généreux ; dans le métier des armes, la générosité et la compassion passaient pour de la faiblesse. Il se contenta de dire :

— Allez, maintenant. Vous avez une longue route à parcourir.

Il leur ouvrit la porte et ils s'en allèrent, main dans la main. Ils se retournèrent pour envoyer la main à Gohémond et il eut l'impression qu'il les voyait pour la dernière fois. Se forçant à sourire, il leur fit un signe d'adieu, puis referma lentement sa porte.

Il se retrouva de nouveau seul. Il eut de la difficulté à chasser de son esprit la pensée que les jeunes couraient à leur perte. Il se mit à faire du ménage, ce qui, comme toujours, lui vida l'esprit plus efficacement que les techniques de méditation pratiquées dans le lointain Orient.

10

La cabane de Gohémond marquait presque la fin de la vallée. Il ne fallut que quelques minutes à Prudence et Philémon pour arriver au point où celle-ci s'élargissait. Ils franchirent avec aisance une colline basse et découvrirent de l'autre côté une vaste prairie. Celle-ci s'étendait jusqu'à la lisière des arbres qui se détachaient sur l'horizon.

— La voilà, cette mystérieuse forêt, dit Prudence en pointant du doigt les arbres lointains. En marchant d'un bon pas, nous l'atteindrons avant la fin de l'après-midi.

Casse-cou regarda lui aussi. Il lâcha la main de la princesse et ajusta son baluchon sur son épaule. Des papillons lui chatouillèrent l'estomac.

Prudence le tira par la manche et le sortit de sa rêverie.

— Hé! dit-elle, tu viens?

— Oui, répondit-il, j'arrive.

La princesse prit les devants. Elle marchait d'un pas rapide et ferme, très à l'aise dans ses chaussures de fortune. Le soleil chauffait la plaine, mais une brise légère soufflait, régulière et fraîche. Tout en marchant, les deux compagnons conversèrent à bâtons rompus, parlant de leur rencontre avec Gohémond.

Ils atteignirent enfin les premiers chênes, majestueux, qui se dressaient à une hauteur vertigineuse et dont les troncs immenses dégageaient une impression de force tranquille. Ils entendaient le bruissement des feuilles et le pépiement des oiseaux.

Prudence, qui de toute sa vie n'avait contemplé autre chose que les quelques arbustes qui s'accrochaient tant bien que mal aux pavés de la cour du château, n'en croyait pas ses yeux. Dans un seul de ces arbres, il y avait assez de bois pour construire plusieurs maisons. Chacun d'eux semblait âgé d'au moins deux siècles. Elle rejeta la tête en arrière et regarda les cimes, si hautes qu'on aurait pu croire qu'elles rejoignaient le ciel.

Philémon admirait lui aussi le décor, sans cependant ressentir un émerveillement aussi intense que celui de sa compagne. La peur se remit à lui tenailler les entrailles. Il jeta un coup d'œil inquiet en direction du cœur de la forêt. La vue ne portait pas loin. La voûte de feuillage bloquait les rayons du soleil, plongeant le sol dans une pénombre perpétuelle. Il suffirait de presque rien pour perdre son chemin dans un endroit pareil. Il leur faudrait progresser avec d'infinies précautions.

L'après-midi avançait. D'un commun accord, ils décidèrent de s'enfoncer dans la forêt. Philémon rajusta la dague à sa ceinture et invita la princesse à le suivre.

Ils avaient à peine franchi quelques pas quand Casse-cou fit signe à Prudence de s'arrêter.

— J'ai une idée, dit-il en sortant sa dague.

Il entreprit de tailler une grosse marque bien visible sur le tronc de l'arbre le plus proche, à la hauteur des yeux. Pendant qu'il travaillait, il exposa son idée à la princesse.

— Tu vois, dit-il, je marque cet arbre. Tout au long du chemin, j'en marquerai d'autres, en m'arrangeant toujours pour que le dernier tronc entaillé soit bien visible du précédent. Comme ça, pour revenir sur nos pas, nous n'aurons qu'à suivre ces repères.

Il lui fallut quelques minutes pour compléter son travail, puis ils se remirent en route.

Philémon avait à peine marqué quatre arbres que déjà la lisière de la forêt avait disparu; on ne voyait plus du tout la prairie. Ils continuèrent d'avancer, s'arrêtant régulièrement, le temps que Philémon entaille un nouveau tronc.

Il faisait sombre. Le bruissement des feuilles dans les cimes leur signalait que la brise n'avait pas cessé, mais, à terre, c'était le calme plat. Ils entendaient le chant de nombreux oiseaux troublés par leur présence. De temps en temps, un écureuil furtif s'arrêtait un moment pour les observer avant de repartir en bondissant. Des arbres de toutes essences les entouraient. Le sous-bois n'était pas très dense. Seules les plantes les plus fortes arrivaient à survivre dans la pénombre qui régnait au sol.

Les enfants marchaient sur un doux tapis de feuilles mortes, jonché de brindilles. De nombreux arbres morts entravaient leur progression. Les plus gros, trop difficiles à gravir, les obligeaient à faire des détours. N'eût été des marques que Casse-cou faisait minutieusement à intervalles réguliers, ils auraient été complètement désorientés.

Prudence eut soudainement envie de grimper à un arbre. Elle parvint sans trop de peine à se hisser sur une branche basse d'un chêne tout proche. Philémon, qui avait toujours aimé grimper aux arbres, la rejoignit. Ils s'assirent ensemble sur l'énorme branche, observant les alentours en silence. Ils se reposaient depuis un bon moment quand un nouveau bruit parvint à leurs oreilles. On aurait dit un piétinement. Autour d'eux, le chant des oiseaux cessa complètement.

Le piétinement se transforma bientôt en martèlement sourd, accompagné de cris stridents et de grognements porcins. Inquiets, Philémon et Prudence n'osaient pas bouger. Soudain, un sanglier apparut entre les arbres, courant, la bave à la gueule, la langue sortie battant contre ses impressionnantes défenses.

Ce premier cochon sauvage fut suivi quelques instants plus tard de toute une bande. Les animaux semblaient pris de folie. Ils allaient droit devant eux, tête baissée.

Plusieurs dizaines de bêtes passèrent en coup de vent, l'une d'entre elles se cognant contre un arbre avant de repartir, étourdie. Finalement, ils s'éloignèrent et le vacarme commença à s'estomper.

La princesse, tout excitée, riait à gorge déployée.

— Non mais, tu les as vus ? dit-elle à son compagnon en gesticulant. Ils couraient partout, et l'autre là... Paf ! En plein dans l'arbre ! Ah ! ah ! ah !

Casse-cou ne riait pas. Il se demandait ce qui avait pu pousser les animaux à la panique, car, à n'en pas douter, ils fuyaient. Prudence, voyant sa mine soucieuse, haussa les épaules.

— Tu sais, dit-elle, les animaux qui vivent

en bande se comportent parfois de façon bizarre.

Toujours soucieux, Philémon descendit de son perchoir et tendit la main à Prudence pour l'aider à descendre à son tour.

Ils se remirent en marche. Mal leur en prit : ils avaient à peine fait quelques pas qu'un grognement les fit se retourner. Un retardataire, passé inaperçu dans le brouhaha général, s'était carrément assommé contre un arbre et venait tout juste de reprendre conscience. Enragé par la douleur, car son front massif arborait une bosse de bonne taille, il était décidé à faire payer son malheur au premier être vivant qu'il rencontrerait. En voyant les humains, toute sa colère se concentra instantanément sur eux. Il émit un nouveau cri menaçant et les fixa de ses petits yeux porcins.

Philémon brandit sa dague de la main droite et fit signe à la princesse de s'écarter. Celle-ci refusa de bouger et fit face à la bête féroce. Le sanglier chargea, les défenses pointées vers le ventre de Prudence. Casse-cou se jeta sur lui et fit dévier sa course. Une défense acérée effleura la princesse au passage.

Casse-cou s'était retrouvé à califourchon sur l'animal, dont il agrippait la fourrure de toutes ses forces. Le sanglier essaya de désarçonner le garçon, mais celui-ci tint bon. Il plongea son couteau dans l'épaisse fourrure, entre les épaules de la bête. Dans un sursaut, le sanglier fit perdre prise à Philémon, qui fut projeté dans les airs avant de retomber lourdement sur le sol. Sonné, celui-ci ne s'aperçut pas tout de suite qu'il avait perdu sa dague dans sa chute. Il ne s'en rendit compte qu'au moment où, voulant pointer l'arme vers la poitrine du sanglier qui fonçait sur lui, il n'avança que sa main vide. Il fit un saut de côté, juste à temps pour éviter l'assaut fatal. Il repéra son couteau tout près de lui et le récupéra prestement.

Son adversaire perdait du sang par la blessure que la dague avait infligée; il soufflait et grognait. Mais l'animal avait encore de l'énergie à revendre et se préparait à attaquer de nouveau. Au dernier moment, la bête féroce hésita.

Philémon suivit son regard pour voir ce qui causait son indécision. Il fut horrifié; armée d'un gourdin, la princesse s'avançait vers le monstre. Ce dernier la chargea. Philémon bondit en poussant un cri désespéré. Prudence, qui attendait calmement, fit un pas de côté au tout dernier instant et abattit en même temps son gourdin de toutes ses forces sur le crâne de l'animal, touchant la bosse qu'il avait sur le front. Le sanglier, déjà affaibli, s'affaissa pour de bon.

Philémon était tombé assis. Prudence lâcha son gourdin et se pencha sur son ami.

— C'est fini, dit-elle en le tirant doucement par les épaules. Il est mort.

Hagard, Casse-cou releva la tête un instant, sans pour autant cesser de se cramponner à son arme. Il regarda le corps inerte et comprit enfin que le monstre avait rendu l'âme. Il laissa Prudence l'aider à se redresser. Il se mit à trembler de tout son corps, tant à cause de ses muscles encore raidis par l'effort qu'à cause du choc de l'expérience qu'il venait de vivre. Inquiet, il se mit à se tâter partout. Il trouva des ecchymoses et des égratignures superficielles à profusion, mais rien de sérieux.

La princesse prit la parole. Elle dit gaiement:

— Nous avons trouvé notre dîner. Les céréales, c'est bien; la viande, c'est mieux, surtout après une journée active en plein air.

Philémon n'en crut pas ses oreilles. Il la regarda. Le visage de Prudence, pâle comme la mort, le rassura: elle n'était pas devenue folle. Le combat contre le sanglier l'avait secouée elle aussi, elle essayait seulement de faire bonne figure. Casse-cou sourit.

— Ouais, renchérit-il. J'aime bien la viande, moi aussi. Seulement, je trouve moins fatigant et moins dangereux de cueillir des légumes que de lutter contre un cochon enragé.

Il découpa les cuissots du sanglier et dit qu'ils devraient abandonner le reste. Des tas de petits animaux profiteraient de l'aubaine.

Ils reprirent la route. À un moment donné, ils entendirent un bruit d'eau qui coulait. Ils se dirigèrent vers la source du clapotis et, en quelques minutes, atteignirent un filet d'eau. Ils s'arrêtèrent juste assez longtemps pour s'abreuver, puis repartirent en suivant le minuscule cours d'eau.

Ils ne marchèrent pas longtemps avant d'arriver à un endroit où un gros rocher complètement dénudé affleurait à la surface du sol. L'espace était suffisamment dégagé pour qu'on vît le ciel qui commençait à s'assombrir.

Les jeunes déposèrent leur charge, puis se mirent en quête de bois pour faire du feu. Ils ramassèrent suffisamment de brindilles et de branches mortes pour alimenter le foyer pendant une bonne partie de la nuit.

Casse-cou alluma habilement le tout à l'aide de deux silex taillés et Prudence le complimenta sur son adresse. Casse-cou prit les deux morceaux de sanglier et les jeta au milieu des flammes. Puis il expliqua :

— Tu vas voir, c'est délicieux. On retourne

la viande de temps en temps avec un bout de bois, jusqu'à ce qu'elle soit à point.

— Mais, dit Prudence, ça ne risque pas de brûler ?

— Pas du tout, fit Philémon en prenant un air connaisseur. Tu remarqueras que j'ai laissé la peau et les poils. La peau brûlera, bien sûr, mais en dessous, la viande cuira doucement.

* * *

Tout l'après-midi, pendant que les jeunes vivaient leurs premières aventures dans la forêt, un succulent ragoût avait mijoté sur le feu de Gohémond, répandant dans sa cabane de rondins une bonne odeur de viande et de légumes. Une fois le tout à point, il s'en était servi une généreuse portion, qu'il n'avait toutefois pas touchée. Le colosse s'était levé de table et avait commencé à faire les cent pas. Pendant que les deux amis entamaient leur repas de sanglier, Gohémond tournait en rond dans sa cabane. Il se rongeait les sangs en pensant à eux.

Il se disait qu'il avait laissé deux jeunes inexpérimentés courir à leur perte et il se sentait lâche. Il prit une décision. Il cessa de tourner en rond, saisit une gourde pleine d'eau, prit son carquois et son arbalète, et sortit. Il alla chercher dans sa caverne une épaisse cotte de mailles et une lourde épée à double tranchant, ainsi que deux torches, toutes prêtes à être allumées.

Il inspira profondément, puis se mit en marche en direction de la forêt.

11

Philémon et Prudence avalaient leurs dernières bouchées. Il faisait maintenant nuit. Le feu projetait des ombres dansantes tout autour d'eux. Les arbres prenaient un aspect inquiétant, amplifié encore par les bruits des animaux nocturnes.

Soudain, un hurlement lugubre s'éleva dans la nuit. Là-bas, au plus profond de la forêt, un loup appelait ses congénères.

Casse-cou blêmit. Il sauta sur ses pieds.

— Un loup, dit-il d'une voix tremblante. Il ne manquait plus que ça !

Prudence, elle, était restée assise. Elle penchait la tête de côté, d'un air ému et intrigué.

— C'est beau, fit-elle, et c'est triste en même temps. Il doit se sentir seul.

Comme pour lui donner tort, un nouveau hurlement répondit au premier, déchirant le silence. Autour d'eux, les bruits furtifs des petits animaux avaient cessé : toutes les créatures vivantes s'étaient immobilisées en entendant l'appel des prédateurs.

— Il n'est pas seul, dit Casse-cou, au bord de la panique. Ils se rassemblent pour la chasse.

— Ne t'énerve donc pas tant, dit la princesse. D'abord, les loups n'attaquent que très rarement les humains. En plus, nous avons un feu, et tout le monde sait que les animaux sauvages ont peur du feu. Allez, assieds-toi.

Prudence avait raison. Casse-cou se força à rester tranquille. Il savait que les loups étaient des animaux comme les autres. Pourtant, la seule mention du mot « loup » éveillait en lui une terreur indicible.

— Je ne peux pas demeurer inactif, dit Casse-cou. Je vais ramasser plus de bois; je ne suis pas sûr que nous en ayons assez pour alimenter le feu toute la nuit.

— Bonne idée, répondit la princesse, ça t'occupera. Et puis, tiens, je vais t'aider.

Ils se mirent au travail. Ils prenaient bien soin, tout en cherchant du combustible, de ne jamais s'éloigner au point de perdre la clairière et le feu de vue. En pleine nuit, ils auraient eu bien peu de chances de retrouver leur chemin. De temps en temps, un nouveau hurlement atteignait leurs oreilles.

« Ils se rapprochent », se dit Casse-cou. Ses pires craintes se confirmèrent lorsqu'il entendit encore l'appel des loups, provenant cette fois de la direction opposée à celle des hurlements précédents. Il regarda du côté de Prudence, qui n'avait pas du tout l'air effrayé.

En effet, la princesse, quand elle comprit que les loups se trouvaient tout autour d'eux, ne s'inquiéta pas outre mesure. Curieuse, elle espérait qu'au moins un des loups s'approche de leur campement pour qu'elle ait la chance de l'apercevoir.

La pile de branchages s'élevait maintenant à bonne hauteur. Philémon suggéra d'arrêter la cueillette, disant qu'ils auraient amplement de quoi entretenir le feu pour le reste de la nuit.

Prudence fut heureuse de s'interrompre, car elle commençait à se sentir fatiguée. Elle alla s'asseoir près du foyer. Son compagnon jeta dans le brasier plusieurs bouts de bois et les flammes s'élevèrent.

Philémon s'assit près de la princesse. L'air se rafraîchissait. Le garçon approcha les mains du foyer et se mit à les frotter nerveusement tout en jetant des coups d'œil apeurés autour de lui.

Prudence le regarda. Visiblement, la lumière et la chaleur n'arrivaient pas à le réconforter.

Un nouvel hurlement emplit l'air, tout

près, puis de nombreux autres lui firent aussitôt écho, tout autour du campement improvisé. La présence oppressante de la meute devint presque palpable.

Philémon agrippa le bras de la princesse. Il serra assez fort pour lui faire mal.

— Nous sommes perdus, dit-il.

— Aïe! fit Prudence en essayant de se dégager. Arrête... Tu me fais mal. Essaie de te calmer. Non, nous ne sommes pas perdus. Je te l'ai dit, ils ne nous feront pas de mal.

Casse-cou avait la gorge tellement serrée qu'il ne pouvait émettre le moindre son. Des grondements sourds, devant et derrière, achevèrent de le terroriser.

Le cercle se rétrécissait. Tout bruit avait cessé. Plus rien ne bougeait. Seul le crépitement du feu continuait à troubler le silence.

Une tête au museau effilé émergea au-dessus d'un arbre mort, sur leur droite. La gueule ouverte, montrant des dents blanches et pointues, la bête sauta par-dessus l'obstacle et avança lentement vers eux, menaçante, le poil dressé sur le dos.

De partout, d'autres animaux surgirent et se rapprochèrent. Ils s'arrêtèrent à quelques pas des jeunes, formant un cercle. Les flammes dansaient dans leurs yeux qui fixaient tour à tour Philémon et Prudence, épiant leurs moindres gestes.

Philémon assura la dague dans sa main. L'heure de l'hallali allait bientôt sonner. Bien que mort de peur, Casse-cou sentit la force lui revenir. Il vendrait chèrement sa peau et celle de sa compagne.

Fascinée, Prudence observait les loups. Quelles bêtes magnifiques, songea-t-elle, admirant les corps maigres mais musclés, bâtis pour la chasse. Ils semblaient attendre quelque chose.

Un autre loup apparut, bondissant de derrière l'arbre où il était demeuré caché jusque-là. C'était un animal énorme, le plus grand et le plus massif de la bande. Il s'approcha du cercle formé par ses congénères, la queue dressée en l'air, la tête haute. Tout dans son apparence et dans son comportement le désignait comme le chef de la meute. Les autres loups baissèrent la queue et le regard à son approche, en signe de soumission.

Lorsque le chef arriva à la hauteur du cercle, deux d'entre eux s'écartèrent pour lui ménager une place en face des humains.

«Voilà le chef», se dit la princesse, qui ne put retenir une exclamation admirative à la vue de l'animal. Celui-ci fixa Casse-cou, puis se mit à gronder tout en découvrant des crocs énormes. Pourtant, le loup ne se jeta pas sur lui. C'était comme si la bête, en retardant l'instant de la mise à mort de ses proies, se délectait de son emprise sur elles avant de déguster leur chair.

Fascinée et toujours convaincue que les loups ne passeraient pas à l'attaque à moins de se sentir provoqués, Prudence fit un pas en direction du chef de la meute, levant la main en un geste d'apaisement.

— Là, dit-elle, tout doux... Tout doux. Je ne te ferai pas de mal.

L'énorme animal fixa son regard sur elle, puis avança d'un pas, grondant, les babines retroussées, prêt à mordre. Ses camarades se tenaient prêts à bondir, les crocs découverts.

Philémon pointa sa dague vers la poitrine velue du chef, qui l'ignora complètement. La princesse, elle, devant la mine menaçante du chef, s'était simplement immobilisée.

Le loup, habitué à inspirer la terreur, commença à hésiter. Il fixa Prudence de ses yeux dorés qui brillaient à la lumière des flammes ; celle-ci soutint son regard. Le monstre, surpris et intrigué par cette attitude ferme, pencha la tête de côté, sans toutefois quitter Prudence des yeux. Il semblait perplexe. Il lisait de l'admiration dans l'attitude de la princesse ; de l'admiration et du respect pour la formidable machine à tuer qu'il était, mais pas de peur. D'où tirait-elle son assurance ? Indécis et méfiant, le loup ferma la gueule. Il renifla, tentant de percevoir les émotions de la jeune fille, car si la posture et le regard peuvent tromper, les odeurs ne mentent jamais.

L'expérience avait appris au chef que les créatures qui ne le craignaient pas représentaient un danger. Pourtant, l'odeur ne révélait pas la moindre trace d'agressivité : il n'y avait qu'une force tranquille, mêlée de curiosité et de respect. Circonspect, l'énorme animal fit une dernière tentative d'intimidation à l'endroit de Prudence, qui ne broncha pas.

Désemparé, le loup s'assit. Il fut aussitôt imité par les autres, qui observaient silencieusement le duel bizarre qui se jouait entre leur chef et la jeune fille.

Philémon ne savait plus quoi penser. Il s'attendait à se faire tailler en pièces et voilà que les loups abandonnaient leur posture agressive. Il n'osa cependant pas baisser sa garde, car la situation pouvait se détériorer à tout moment.

Plusieurs minutes s'écoulèrent, durant lesquelles humains et animaux restèrent sur leurs positions. Finalement, le chef de la meute bougea. Il se leva, puis baissa la queue et la tête. Avec d'infinies précautions, il s'avança jusqu'à toucher la princesse. Prudence, d'abord surprise, comprit rapidement ce qui se passait. Elle répondit à l'approche du loup en lui grattant familièrement l'oreille.

Voyant cela, les autres membres de la meute vinrent aussitôt quémander eux aussi l'affection de Prudence, qui se trouva assiégée de toutes parts, assaillie de coups de langue et de frottements de museau.

Casse-cou ne comprenait rien aux événements incroyables qui se déroulaient sous ses yeux. Il laissa tomber sa dague sur le sol rocailleux. Le bruit du métal frappant le rocher attira l'attention de la jeune fille, qui remarqua l'air hébété de son compagnon. Apitoyée par le désarroi de son ami, Prudence lui expliqua la situation.

— Mon pauvre Casse-cou, dit-elle, tu te demandes ce qui se passe, hein ? Je n'en suis pas certaine moi-même... Pourtant, si je me rappelle bien mes cours de zoologie... Le chef de la meute a interprété ma réaction à son égard comme un défi. Comme je n'ai pas cédé à ses menaces, il a conclu qu'il ne parviendrait pas à m'intimider. En refusant de m'affronter, il ne lui restait plus d'autre choix que de se soumettre. Quand les autres ont vu leur chef agir ainsi, ils l'ont suivi. Et voilà.

— Tu veux dire que tu es devenue leur chef? demanda Casse-cou, incrédule.

— Je crois bien que oui, répondit la princesse, toujours serrée de près par la meute.

Le jeune garçon n'en revenait pas. Prudence, chef d'une meute de loups; personne ne le croirait.

Un des loups s'éloigna de la princesse et se dirigea vers Casse-cou en battant de la queue. Ce dernier eut un mouvement de recul instinctif, puis, timidement, il avança la main vers la bête qui s'était assise près de lui. Le loup se frotta la tête contre la main tendue. Casse-cou répondit en lui grattant le crâne, très doucement d'abord, puis avec plus de vigueur. Un coup de langue approbateur lui mouilla la joue et d'autres animaux vinrent le trouver.

La princesse, occupée à essuyer de son visage la salive de nombreux coups de langue, regarda Philémon avec beaucoup de tendresse.

— On dirait qu'ils t'ont adopté aussi, lui dit-elle en souriant.

— Eh oui, ça m'en a tout l'air, répondit-il. J'aimerais bien qu'ils me laissent un peu tranquille.

Tout en parlant, il les repoussait, mais on

voyait bien que le cœur n'y était pas.

Les loups avaient désigné Prudence comme leur chef. Bon, se dit-elle, mais comment se comporte un bon chef, chez les loups ? D'abord, se dit-elle, donner l'impression de contrôler la situation. Comment ? En donnant des ordres, mais lesquels ?

Elle fut distraite par l'activité qui se déployait autour d'elle. Philémon s'était carrément mis à jouer avec les loups, comme il l'aurait fait avec des chiens. Prudence les regarda faire, s'amusant de leur humeur bon enfant. Elle remarqua un des animaux qui, couché à l'écart des autres, rongeait tranquillement un os de sanglier. Voilà la solution ! se dit-elle. Il faut leur donner à manger.

La princesse appela :

— Ohé ! Fini de jouer. C'est l'heure de manger.

Au son de sa voix, les loups cessèrent immédiatement de courir partout. Ils la regardèrent, attendant la suite. Quant à Philémon, il formula d'un geste une interrogation muette, se demandant ce que Prudence pourrait bien leur offrir en guise de repas. La princesse pointa du doigt l'os de sanglier à moitié rongé et Casse-cou comprit aussitôt.

Prudence fit quelques pas pour le rejoindre.

Ensemble, ils allaient emmener la meute là où ils avaient tué le cochon sauvage.

Ils commencèrent par ramasser leur maigre bagage, ne sachant pas s'ils allaient revenir au campement. Casse-cou eut la bonne idée de rassembler un faisceau de branchages et de l'allumer. L'obscurité était presque totale dans la forêt; si les loups se débrouillaient fort bien dans le noir, il n'en allait pas de même pour les humains. Enfin parés, Philémon et Prudence partirent dans la direction où ils avaient laissé la carcasse. Les loups leur emboîtèrent le pas.

Dès qu'ils eurent quitté la clairière, la meute se dispersa tout autour des jeunes, comme pour une battue. Ceux-ci les perdirent de vue rapidement, mais continuèrent à sentir leur présence grâce aux bruits discrets qu'ils faisaient en se déplaçant.

Ils atteignirent la dépouille du sanglier. Le corps du cochon sauvage était bien là, tel qu'ils l'avaient laissé, avec ses deux cuissots en moins. Les deux amis se plantèrent devant la carcasse et leur petite bande d'une douzaine de loups les rejoignit. Chose curieuse, ils ne se jetèrent pas tout de suite sur la viande. Ils se disposèrent en cercle autour des jeunes humains et s'assirent bien sagement.

— Eh bien, qu'attendez-vous ? leur dit

Prudence en pointant du doigt le sanglier. Allez-y, mangez !

Les animaux salivaient en regardant la viande offerte, mais ils ne bougaient pas. C'est Philémon qui saisit le premier de quoi il retournait.

— Hum, fit-il. Prudence, je crois que je sais ce qui se passe. Ils attendent que tu commences...

— Allons donc, dit la princesse, tu te moques de moi.

— Pas du tout, dit Casse-cou, goguenard. En fait, je suis surpris que tu n'y aies pas songé toi-même. Après tout, ça m'étonnerait beaucoup si, aux dîners de la cour, les invités se servaient avant le roi. Alors, comme tu es leur reine...

« EEERK ! pensa-t-elle, ça veut dire que je vais devoir me taper du sanglier cru ? » Ça la dégoûtait. Elle implora Casse-cou du regard.

Philémon avait perçu la lueur espiègle dans l'œil de Prudence, juste avant qu'elle lui jette un regard suppliant.

— Oh, non ! fit-il en se délectant de l'humour de la situation. C'est toi qu'ils ont choisie comme chef, pas moi. Allons, un peu de courage. Tu prends un morceau, tu te pinces le nez, tu fermes les yeux et, hop !

Philémon lui tendit sa dague. Résignée, elle la prit. Elle poussa un profond soupir, puis, la bouche déformée par une moue dédaigneuse, se pencha sur la carcasse, osant à peine la toucher du bout des doigts.

Elle avait le cœur au bord des lèvres lorsqu'elle entreprit de tailler un petit morceau de viande avec la dague. Elle se releva, considérant avec répugnance le petit bout de chair crue. Elle rendit le couteau à Philémon.

Elle eut un haut-le-cœur terrible en portant le morceau gluant de sang à sa bouche. Elle parvint à ne pas rendre son souper, mais tout juste. Elle jeta un dernier coup d'œil à Casse-cou. La mine moqueuse de celui-ci l'enragea. «Ah!» se dit-elle. «Monsieur me prend pour une petite fille précieuse. Eh bien, monsieur va voir ce qu'il va voir.» Elle fixa Casse-cou droit dans les yeux, puis, d'un seul coup, mit tout le morceau de viande dans sa bouche. «Tiens, se dit-elle, j'aurais cru que ça aurait plus mauvais goût.» Elle mastiqua lentement, sans cesser de défier Philémon du regard. Elle avala.

Dès qu'elle eut dégluti, les loups se jetèrent sur la carcasse. Philémon et Prudence durent s'écarter un peu pour leur laisser la place.

Les deux amis, à la fois fascinés et un peu

écœurés, regardèrent en silence le repas de leurs nouveaux compagnons. Ceux-ci, dès qu'ils furent rassasiés, s'assirent en cercle autour des deux humains et attendirent la suite en se pourléchant les babines. Du sanglier, il ne restait plus que des os et quelques touffes de poil.

Prudence ne savait trop que faire. Un bâillement irrépressible lui fit réaliser à quel point elle se sentait fatiguée. Elle suggéra à Philémon de passer la nuit dans la petite clairière où le feu devait encore brûler : ils y seraient plus à l'aise.

Ils partirent sur-le-champ. La meute les suivit, disparaissant dans les bois, leur faisant une escorte invisible.

En arrivant à la clairière, Casse-cou jeta sa torche improvisée dans le feu, qui avait baissé durant leur absence. Les loups les rejoignirent et fixèrent leur regard sur la princesse, attendant d'elle un signal quelconque.

— Bon, dit Casse-cou en montrant les animaux. Avec de tels gardiens pour veiller sur nous, je ne crois pas utile d'établir des tours de garde pour nous deux. Qu'en penses-tu ?

— En effet, répondit-elle, considérant les corps puissants et les formidables mâchoires de leurs compagnons.

Prudence et Philémon s'allongèrent côte à côte, pas trop loin du feu pour profiter de sa chaleur. Ils se souhaitèrent bonne nuit, puis fermèrent les yeux.

La princesse entrouvrit les paupières, curieuse de voir comment se comporterait sa meute. Voyant que leur chef se couchait, la plupart des loups en firent autant. Seuls trois d'entre eux demeurèrent assis pour monter la garde. Sa curiosité satisfaite, Prudence s'endormit presque tout de suite.

Casse-cou, lui, mit beaucoup de temps à s'endormir malgré la fatigue. Finalement, l'épuisement eut raison de lui et il finit par trouver le repos.

12

Gohémond arrivait à la lisière de la forêt. Il avait marché toute la soirée, aussi vite qu'il l'avait pu. À l'occasion, des herbes couchées et des traces de pas à peine visibles lui avaient confirmé qu'il suivait bien les traces de ses jeunes amis. Au crépuscule, il avait cru apercevoir une légère fumée s'élever d'un point précis au-dessus des arbres. Cette fumée provenait peut-être d'un feu allumé par les jeunes.

Plein d'espoir, il avait continué d'avancer sans perdre de vue l'endroit de la forêt d'où émanait la fumée. Un peu plus tard, peu après que se furent éteintes les dernières lueurs du crépuscule, des hurlements lointains lui avaient glacé le cœur : une meute de loups s'était mise en chasse. À chaque nouveau hurlement, sa crainte de ne pas retrouver les deux amis vivants avait augmenté.

Enfin, il avait atteint la forêt. Il gardait toujours sur lui un petit briquet à mèche d'amadou. Il s'en servit pour allumer une de ses torches. Tous les sens en alerte, il pénétra dans la forêt, entouré d'un cercle de lumière tremblotante qui donnait à toutes choses une apparence inquiétante. Il repéra rapidement de la sève toute fraîche et luisante sur un arbre proche. S'approchant, il constata que la sève suintait là où une arme tranchante avait arraché l'écorce. « Braves gamins, songea-t-il, ils ont pensé à se mettre des repères. »

Il examina le sol attentivement et remarqua ce qui ressemblait à des empreintes de pas, datant de quelques heures à peine. Son cœur bondit de joie à la pensée qu'il marchait bel et bien sur leurs traces. Il continua à suivre les empreintes et tomba sur le deuxième repère. Concentré sur les pistes, il n'avait pas encore remarqué le silence étrange qui régnait autour. Il finit néanmoins par noter l'absence de tout bruit. Le silence inhabituel ne pouvait signifier qu'une chose : danger.

Il prit son arbalète et y encocha un carreau. Prêt à tout, il se remit en route. Il avança encore un moment et arriva à un endroit où d'innombrables pistes de sangliers se mêlaient avec celles de jeunes humains et de loups. Son cœur se serra. Craignant le pire, il regarda partout. À son grand soulagement, il ne trouva pas de restes humains. Il essaya de démêler tous les indices enchevêtrés et finit par reconstituer à peu près les déplacements, aidé par la fraîcheur relative des différentes pistes.

Il repartit en redoublant de prudence. Il tenait son arbalète pointée devant lui, prête à tirer. Il progressa ainsi pendant un temps qui lui parut très long. Soudain, une odeur fugitive de feu de bois chatouilla ses narines puis disparut. Il fit encore quelques pas, puis l'odeur se manifesta de nouveau. Cette fois, aucun doute possible ; il approchait d'un campement.

Du calme, se dit-il, ce n'est pas le moment de tomber dans un piège. Son expérience militaire lui dictait la plus grande vigilance.

Il éteignit sa torche. Puis il demeura sans bouger pendant plusieurs minutes pour laisser le temps à ses yeux de s'accoutumer à l'obscurité.

Il en profita pour écouter attentivement : rien, aucun bruit. Il laissa tomber la torche éteinte et dégaina son épée.

Il se remit en route silencieusement, une arme dans chaque main. Il progressa de quelques pas. L'odeur du feu de bois ne le quittait plus. Devant lui, il vit une douce lueur orangée, signe indéniable qu'un feu brûlait tout près. Il repéra un tronc d'arbre mort qui ferait un point d'observation parfait et il alla s'agenouiller derrière.

Il tendit l'oreille. Cette fois, il entendit le doux crépitement du feu. Il touchait au but.

Lorsqu'il risqua un coup d'œil par delà sa cachette, le spectacle lui coupa le souffle. Prudence et Philémon étaient étendus sur un énorme rocher affleurant à la surface du sol, tout près d'un feu de camp. Des loups les entouraient, couchés eux aussi à l'exception de trois d'entre eux.

Il remarqua que la poitrine de Casse-cou et celle de la princesse se soulevaient et s'abaissaient régulièrement. Aussi incroyable que cela puisse paraître, ils dormaient profondément, comme s'ils étaient indifférents aux animaux qui les encerclaient. Bizarre... Enfin, chose certaine, il fallait les sortir de là.

Gohémond avait affaire à forte partie, mais il jouirait de l'avantage de la surprise. Cependant, cet avantage serait de courte durée. Un des loups s'agita dans son sommeil, rappelant à Gohémond l'urgence d'agir. Son esprit travaillant furieusement, il échafauda un plan qui se tenait. L'essentiel était de donner assez de temps aux jeunes pour qu'ils puissent s'échapper : Gohémond devrait tenir tête aux loups jusqu'à ce que ses amis se soient éloignés.

Il se prépara à l'action, se concentrant au maximum. Enfin, il se sentit prêt.

Il déposa son épée, puis ramassa un bout de bois. Il respira une dernière fois, très profondément, puis il lança le bout de bois loin au-dessus des sentinelles. Le branchage décrivit une parabole et alla ricocher contre un arbre avec un toc sonore.

Les trois loups qui étaient de garde se tournèrent dans la direction d'où provenait le bruit. Gohémond en profita pour allumer sa deuxième torche, qu'il avait gardée jusque-là en réserve. Il s'en servit pour mettre le feu aux broussailles qui poussaient autour du vieux tronc. Le bois sec s'enflamma aussitôt. Les sentinelles se tournèrent vers lui et l'une d'elles se mit à hurler tandis que les deux autres se préparaient à se battre, découvrant leurs crocs.

Reprenant son épée, Gohémond se lança à l'assaut en criant de toute la force de ses poumons :

— Prudence, Philémon, j'arrive ! Fuyez !

La princesse et son compagnon s'étaient réveillés en entendant le hurlement. Tous deux avaient aussitôt reconnu la voix de Gohémond. Ils comprirent que quelque chose de grave se passait. Ils regardèrent dans la direction d'où était venu le cri et virent le colosse sortir de derrière un tronc, tenant son arbalète de la main droite et faisant tournoyer son épée de l'autre main. Pendant ce temps, tous les loups s'étaient eux aussi réveillés.

Avec horreur, Prudence vit Gohémond pointer son arbalète vers le loup qui se trouvait le plus près d'elle et comprit qu'il allait tirer. Sans réfléchir, elle se leva d'un bond et se jeta devant le loup en criant :

— Non, Gohémond !

Trop tard : le coup était parti. Le trait frappa Prudence en pleine poitrine et elle tomba à la renverse. Gohémond, horrifié, s'immobilisa. Juste à ce moment, un des animaux arriva sur lui, sautant sur le bras qui tenait l'épée. Sous le choc, le colosse tomba à la renverse en lâchant ses armes. Heureusement pour lui, les dents du carnassier enserraient son poignet, mais n'arrivaient pas à transpercer son épaisse cotte de mailles. Il frappa de son poing libre le museau de l'animal, qui lâcha prise en poussant un gémissement de douleur. Il n'eut pas le temps de savourer sa victoire, car trois autres loups l'attaquèrent en même temps. Il pensa instinctivement à protéger sa gorge et les loups durent se contenter de lui mordre les membres. Soudain, Philémon se jeta dans la mêlée.

Il n'avait pas vu Prudence tomber. Au moment où le carreau meurtrier était parti, Casse-cou regardait les loups qui fonçaient sur le mercenaire et il avait bondi à leur suite pour empêcher le massacre. Philémon, donc, sauta sur le carnassier juché sur la poitrine de son ami et l'entraîna à terre avec lui.

Il y eut un instant de flottement parmi les animaux. Casse-cou mit ce bref répit à profit en se jetant sur Gohémond, qu'il couvrit tant bien que mal de son corps. Le reste de la meute les encercla, la gueule ouverte et grondant sourdement, mais hésitant à poursuivre l'attaque.

Le pauvre Gohémond était complètement dépassé par les événements. Étourdi, cherchant désespérément à reprendre son souffle, il comprenait seulement qu'il avait interprété la situation de travers. Prudence, se jetant devant le loup... Prudence... Il avait tiré sur elle.

Le choc le frappa de plein fouet. Il oublia Philémon couché sur lui, il oublia les loups qui l'entouraient, prêts à l'assaut final. En pensée, il revit la jeune fille tomber. Par sa faute, la princesse était morte. De cela, il avait la certitude ; à cette distance, une flèche de sa puissante arbalète ne pardonnait pas. Tout espoir, toute volonté de se battre l'abandonnèrent. Des sanglots irrépressibles le secouèrent.

— Cessez immédiatement de vous battre, tous, cria une petite voix.

Aussitôt, hommes et animaux tournèrent le regard dans la direction d'où était venu l'ordre. La princesse était à demi assise par terre, appuyée sur un coude, haletante, son visage blême et ruisselant de sueur tordu par une grimace de douleur. Du sang tachait sa robe autour de la flèche plantée au milieu de sa poitrine.

Les loups, voyant leur chef blessé, se mirent à pousser des gémissements plaintifs. Philémon et Gohémond se levèrent d'un bond et accoururent auprès de la princesse, tandis que les loups s'approchaient lentement.

Les yeux remplis de larmes, Gohémond appuya la tête de la princesse sur ses genoux. Elle voulut parler, mais Philémon, qui s'était assis près d'elle, lui mit doucement un doigt sur la bouche.

— Ne parle pas, dit le garçon, des larmes chaudes lui coulant sur les joues. Nous sommes là, auprès de toi.

Prudence ferma les yeux et toussa. Elle avait du mal à respirer. Gohémond caressa doucement ses cheveux bouclés, que la sueur avait collés au visage torturé. Le mercenaire la regardait avec une tristesse et un désespoir infinis. Pourquoi cela devait-il finir comme ça? se dit-il. Par sa faute, la princesse se mourait.

Pendant que Gohémond se morfondait, les loups s'étaient approchés davantage. Il les aperçut du coin de l'œil et sursauta. Casse-cou, à qui le sursaut de son ami n'avait pas échappé, lui dit à travers ses larmes :

— N'aie pas peur. Les loups ne nous feront pas de mal. Prudence était... est leur chef.

Gohémond, tout à son chagrin, ne réagit pas.

La princesse émit un râle douloureux, puis ouvrit la bouche pour parler.

— J'ai mal, fit-elle en essayant de se redresser.

— Ne bouge pas, dit Gohémond tendrement. Évite de te fatiguer.

Prudence porta la main à sa poitrine. Avant que Philémon ou Gohémond ne puissent l'en empêcher, elle serra la flèche et la retira d'un coup sec, poussant en même temps un cri de douleur. Elle perdit conscience.

Curieusement, la pointe de la flèche était restée coincée sous sa robe. Tout de suite, Gohémond voulut mettre la main sur la blessure pour arrêter l'hémorragie qui résulterait sans nul doute du geste inconsidéré de la jeune fille. Il toucha quelque chose de dur. Le médaillon, pensa-t-il. Fébrilement, il détacha les premiers boutons de la robe. Il découvrit le porte-bonheur dans lequel s'était fiché le carreau d'arbalète. En le soulevant, il vit la blessure, une entaille peu profonde sur le sternum de

Prudence. Seule l'extrémité de la pointe avait transpercé le fétiche, et la blessure à la poitrine de Prudence n'était que superficielle. La petite plaie saignait à peine ; un bon cataplasme de feuilles et d'herbes suffirait à arrêter l'épanchement.

Gohémond poussa un cri de joie.

— Elle n'a rien ! s'écria-t-il. Ce n'est qu'une égratignure.

Il exultait. Il pressa Philémon d'éteindre le feu de broussailles et d'aller chercher les herbes et les feuilles nécessaires pour faire un pansement temporaire.

Prudence n'avait pas encore repris conscience, mais elle respirait régulièrement et les couleurs commençaient à lui revenir.

Les loups s'approchèrent davantage. En avançant, ils ne quittaient pas Gohémond des yeux ; ils se méfiaient toujours de lui, mais ne le considéraient plus avec hostilité. Ils sentaient sa sollicitude pour Prudence.

La princesse commença à s'agiter. Elle ouvrit les yeux et gémit. Elle sourit en voyant Gohémond penché sur elle. Les loups, qui avaient remarqué qu'elle revenait à elle, s'immobilisèrent en la fixant de leurs yeux étrangement expressifs.

Prudence interrogea Gohémond du regard, car elle se sentait encore un peu désorientée. Une vive douleur à la poitrine lui rappela qu'elle avait été abattue par un carreau d'arbalète. Soudain angoissée, elle dit au colosse :

— Je vais mourir, n'est-ce pas ? Où est Philémon ? J'aimerais le voir une dernière fois...

Gohémond lui sourit et la rassura :

— Tu ne mourras pas. Ta blessure est superficielle. Le médaillon t'a protégée en absorbant la plus grande partie du choc ; la flèche l'a à peine traversé... Quant à Philémon, il est allé chercher de quoi panser ta plaie et il devrait revenir bientôt. Tu vas voir, tout ira bien.

Elle voulut s'asseoir, et Gohémond l'y aida. Elle prit le temps de regarder autour d'elle. À son grand soulagement, aucun des loups n'avait été blessé dans la bagarre, non plus que Gohémond qui, à part quelques égratignures, se portait bien.

Philémon émergea d'entre les arbres avec dans ses mains bien plus d'herbes et de feuillage qu'il n'en fallait pour faire un pansement adéquat. En voyant Prudence assise, il sourit et lui fit un joyeux signe de la main auquel elle répondit en souriant elle aussi. Les loups s'écartèrent sur le passage de Philémon, qui déposa ses plantes par terre et s'assit auprès de ses amis.

— Bonjour, dit-il à Prudence, je suis... très content de voir que tu vas mieux.

— Et moi donc ! fit joyeusement Prudence.

Elle gémit, car elle avait bougé brusquement et son mouvement avait réveillé sa douleur.

Gohémond lui recommanda de ne plus s'agiter. Il enleva sa cotte de mailles, puis sa chemise, qu'il déchira en longues bandes dont il se servirait pour maintenir en place le cataplasme d'herbes. Il prit quelques feuilles aux propriétés antiseptiques et commença à nettoyer la blessure.

Prudence serra les dents ; ça faisait mal, mais, en jeune fille courageuse, elle ne cria pas. Philémon lui prit la main pour la soutenir.

Pendant qu'il confectionnait le pansement, Gohémond raconta aux jeunes ce qu'il avait fait depuis qu'il avait décidé de les rejoindre. Eux-mêmes lui firent le récit de leur journée.

Le colosse ne put s'empêcher de fixer la princesse avec un respect à la limite de la crainte superstitieuse.

— Bon, dit Philémon. Qu'est-ce qu'on fait, maintenant ? Pour ma part, j'aimerais me reposer un peu, même si je sais que je ne fermerai plus l'œil de la nuit.

Prudence et Gohémond acquiescèrent. Ils remarquèrent que l'obscurité se faisait de moins en moins épaisse, signe que l'aube approchait. Un peu de repos leur ferait du bien.

Ils s'étendirent à même le sol et les loups montèrent la garde.

13

Au matin, pendant que les trois amis s'affairaient à préparer leur petit déjeuner, ailleurs, pas très loin d'eux, un autre groupe s'apprêtait aussi à prendre son premier repas de la journée. En effet, dans une autre clairière, cinq hommes armés, portant l'uniforme de l'armée du royaume de Perphydie, emplissaient leur gamelle et s'asseyaient autour de leur feu de camp pour manger.

Tout en mangeant, le sergent Cognedur, qui dirigeait la patrouille, expliqua à ses hommes pourquoi ils devaient retrouver et enlever la princesse Prudence, héritière du trône du royaume de Verdurie. Devant leur trouble, car l'idée de faire du mal à un enfant ne leur souriait guère, Cognedur les remercia de leur fidélité. Il leur promit que le roi Hypocritte VI saurait les récompenser le moment venu. Il les laissa ensuite terminer leur repas avant de donner l'ordre de se mettre en route.

Au moment même où les soldats de Perphydie se mettaient en branle, Gohémond, Prudence et Philémon finissaient de ramasser leurs affaires. Ils avaient décidé de passer la matinée à se promener dans la forêt. Ils attendraient le repas de midi pour réfléchir à ce qu'ils feraient ensuite. Avec toute une meute de loups en guise de gardes du corps, même le superstitieux Gohémond ne craignait plus de demeurer dans les bois. Il prit néanmoins la précaution de charger son arbalète, à tout hasard.

Ensemble, les trois amis prirent un vif plaisir à leur promenade. Philémon prenait soin de marquer leur passage et Gohémond montrait à ses protégés comment reconnaître les plantes médicinales qu'ils trouvaient de loin en loin.

La matinée passa sans qu'ils s'en rendent compte. Aux environs de midi, ils atteignirent une clairière plus vaste que celle qu'ils avaient quittée. Ils décidèrent de s'y arrêter pour se reposer un peu. Curieusement, les loups, qu'on n'avait pas entendus depuis un moment, ne se montrèrent pas. Philémon annonça qu'il allait cueillir des baies et qu'il en profiterait pour vérifier où se trouvaient les animaux. Gohémond et Prudence s'assirent dans l'herbe.

Philémon disparut entre les arbres après avoir planté sa dague dans le sol; il n'en aurait pas besoin pour cueillir des fruits.

Près de là, les soldats de Perphydie s'arrêtèrent sur un signe de leur chef, qui avait cru entendre des voix. Le sergent se retourna vers ses hommes et leur intima l'ordre de le suivre en silence. La patrouille se dirigea à pas feutrés dans la direction des voix. Ils s'immobilisèrent lorsque le sergent aperçut la clairière et se cacha derrière un arbre.

Cognedur repéra un gros homme, barbu et très costaud, vêtu d'une cotte de mailles, accompagné d'une jeune fille habillée en paysanne. Les deux personnages parlaient ensemble. Ils étaient trop loin pour que les soldats comprennent le contenu de la conversation. À première vue, il ne semblait pas s'agir de ceux que les militaires recherchaient, mais peut-être savaient-ils quelque chose.

Soudain, le cœur de Cognedur s'arrêta de battre. Il venait d'entendre le gros barbu appeler la jeune fille « Prudence ». Il se retourna vers les soldats.

Le sergent se préparait à donner les instructions pour l'assaut lorsqu'il entendit un bruit de branches cassées dans les fourrés. Il fit signe au plus vif des soldats qui s'élança dans la direction du bruit. On entendit les sons d'une brève lutte puis le soldat réapparut, tenant de son bras puissant un garçon qui se débattait furieusement. Le soldat avait plaqué une main sur la bouche du garçon pour l'empêcher de crier.

Philémon avait peur. Le soldat qui l'avait pris le déposa par terre, mais sans le lâcher et sans enlever la main collée sur sa bouche.

Le sergent Cognedur se pencha sur le jeune garçon.

— Je crois que j'ai compris, dit-il à ses hommes tout en fixant Philémon de ses yeux cruels. Celui-là est le fils de l'autre et ils ont enlevé la princesse Prudence, les gredins ! Le gros type a l'air dangereux, mais puisque nous tenons son fils, je suis sûr qu'il filera doux.

Le chef de patrouille regarda les soldats tour à tour, pour s'assurer que leur résolution ne faiblirait pas. Pour achever de les convaincre, il décida de noircir l'ennemi au maximum.

Il ricana, puis dit :

— J'ai remarqué que la jeune fille et son ravisseur semblaient très bien s'entendre. Je crois que la princesse est complice de ces deux brigands. En fait, je ne serais pas surpris qu'elle ait organisé elle-même toute l'affaire pour rançonner son malheureux père.

Le sergent se tourna vers la clairière et cria, en se faisant voir de Gohémond et Prudence :

— Écoute-moi bien, le gros ! Ne bouge pas ! Nous tenons ton fils !

Gohémond et Prudence avaient sursauté en entendant la voix et, se retournant, avaient aperçu le soldat casqué qui avait prononcé ces paroles. Gohémond, d'abord surpris à la mention d'un fils, lui qui n'avait jamais eu d'enfant, comprit vite qu'il s'agissait de Philémon et que le garçon servait d'otage. Prudence aussi avait compris qu'on détenait Philémon.

Cognedur et ses hommes avancèrent de quelques pas, révélant Philémon solidement maintenu par deux des soldats.

Gohémond calcula ses chances. Cinq hommes, armés d'épées et d'arcs portés en bandoulière... Parlementer, gagner du temps, c'est tout ce qu'il pouvait faire pour l'instant.

Soudain, une série ininterrompue de hurlements à vous glacer le sang dans les veines se fit entendre tout autour des soldats. Un instant plus tard, douze loups en furie, sortis de nulle part, se jetèrent sur les militaires sans leur laisser une chance de se servir de leurs armes.

Les animaux ne s'étaient jamais vraiment éloignés. Ils avaient repéré les nouveaux venus et les avaient épiés discrètement. Puis ils avaient jugé le moment venu d'attaquer.

Prudence courut se jeter devant un des loups et stoppa net l'élan de la bête. L'animal émit un drôle de glapissement et ses congénères arrêtèrent aussi leur attaque.

Les soldats mirent à profit ce répit pour se relever et s'enfuir à toutes jambes, à l'exception de l'un d'entre eux, blessé avant l'intervention de la princesse.

Pendant que Prudence toisait les animaux, essayant de les dominer par le regard, Gohémond et Casse-cou se précipitèrent vers le blessé.

Le soldat n'en menait pas large. Son sang coulait de multiples blessures. Cependant, aucun organe vital ne paraissait atteint. L'homme s'était habilement protégé et seuls ses bras et ses jambes avaient subi des morsures sérieuses.

Gohémond l'aida à marcher jusqu'au centre de la clairière. Là, le soldat s'écroula. Il avait perdu beaucoup de sang, mais il s'en sortirait probablement, songea Gohémond.

Prudence alla s'asseoir auprès de Gohémond pendant qu'il tentait de ranimer le blessé en lui versant un peu d'eau fraîche sur le visage.

La jeune fille était toute blême. Elle éclata en sanglots. Pour la première fois depuis son départ, elle regretta sincèrement la sécurité du château. Elle se sentit aspirée dans un désespoir sans fond. Elle commençait à comprendre ses parents de vouloir la protéger contre les dangers du monde.

Gohémond la laissa pleurer ; il fallait qu'elle déverse son trop-plein d'émotions. Lui-même se sentait ébranlé par les événements tragiques qu'il venait de vivre.

Philémon s'approcha avec le nécessaire pour panser les nombreuses plaies du soldat. Il se prit le visage dans les mains et se mit à pleurer lui aussi. Pendant que les deux enfants sanglotaient, Gohémond s'affaira à soigner du mieux qu'il put les multiples blessures du soldat. Ce dernier gémit. Il commençait à revenir à lui. Son regard finit par rencontrer celui de Gohémond qui le fixait durement.

Le soldat baissa les yeux. Il s'aperçut qu'on avait nettoyé et pansé ses blessures. Tout à coup, il ne comprenait plus comment il avait pu songer à nuire à ces jeunes et à cet homme qui se trouvaient près de lui. Il éprouvait un étrange sentiment d'irréalité, comme s'il se réveillait d'un rêve.

Gohémond perçut le trouble du blessé pour l'avoir un jour senti lui-même. Il se rappelait la honte et la culpabilité, une fois passée l'excitation de la violence. Il mit la main sur l'épaule du soldat et le regarda avec compassion. L'homme mit la main sur la sienne et ses yeux dirent à Gohémond, plus éloquemment qu'aucune parole n'aurait pu le faire, combien il était touché.

Prudence et Philémon ne pleuraient plus. Tous deux avaient observé l'échange silencieux entre les deux hommes. Les jeunes étaient perplexes de voir Gohémond manifester autant de sollicitude envers quelqu'un qui les aurait peut-être tués de sang-froid.

Prudence crut même déceler entre les guerriers quelque chose qui ressemblait fort à de la complicité. Ça devenait choquant.

La princesse lança, sur un ton sarcastique :

— Alors, Gohémond, on fraternise avec l'ennemi ? Pousseras-tu la courtoisie jusqu'à lui donner une épée, qu'il puisse enfin finir son sale travail ?

Philémon approuva de la tête. « Ça, c'est envoyé ! » pensa-t-il.

Gohémond tourna vers eux un visage rouge de colère.

— Te rends-tu compte de ce que tu dis ? Cet homme est blessé. Tes petits copains à quatre pattes ont failli faire un festin de ses camarades. Qu'est-ce que je devrais faire, d'après toi ? Mettre du vinaigre dans ses plaies, qu'on rigole un peu ?

— Ne sois pas ridicule, dit-elle. C'est assez de violence pour aujourd'hui, merci. Mais de là à le traiter en ami, il y a une marge. Oublies-tu qu'il voulait nous enlever ou même nous passer au fil de son épée ?

En un éclair, Gohémond saisit ce qui avait déclenché les sarcasmes de Prudence. Oui, il y avait bien une sorte de complicité entre lui et le soldat de Perphydie. Il savait que la princesse ne pouvait pas comprendre. Il voulut essayer de lui expliquer. Il la regarda avec tendresse, puis tourna les yeux vers Philémon, qui jouait les distraits, et dit :

— Écoutez, tous les deux. Cette complicité que vous avez sentie, elle existe bel et bien. Ce que nous partageons, lui et moi, c'est l'expérience pénible de se sentir déchiré par le remords lorsqu'on se laisse emporter à commettre, dans le feu de l'action, des gestes qu'on désapprouverait en temps normal. Cet homme à qui vous en voulez tant, c'est ça qu'il vient de vivre... Je me reconnais en lui ; il est tel que j'étais. Rappelez-vous, j'ai été mercenaire. Alors, ne me reprochez pas ma compassion...

Prudence et Philémon baissèrent les yeux. Ils commençaient à comprendre.

Gohémond ajouta, s'adressant à la jeune fille :

— Toi, Prudence, tu deviendras reine un jour. Tu commanderas la destinée de ton royaume. Il t'arrivera sûrement de te quereller avec d'autres chefs d'État. Lorsque cela se produira et que généraux et diplomates te recommanderont de partir en guerre, j'espère que tu te rappelleras les événements d'aujourd'hui.

— Je n'oublierai pas, dit-elle.

Les loups, calmés, revinrent se poster autour du petit groupe. Quelques-uns s'approchèrent du blessé pour le sentir. Celui-ci eut un mouvement de recul bien compréhensible.

Philémon le rassura :

— N'aie pas peur, dit-il. Ils ne te feront pas de mal. Prudence est leur chef.

Le soldat fit une moue incrédule. Il interrogea Gohémond du regard, croyant que le jeune garçon le faisait marcher. Le colosse fit oui de la tête, gravement, pour montrer qu'il était sérieux. Le Perphydien dévisagea Prudence avec une crainte superstitieuse. Il pointa vers elle un index et un auriculaire dressés, pour éloigner le mauvais œil, et dit d'une voix blanche :

— Éloigne-toi de moi, sorcière ! Je commence à comprendre pourquoi Hypocritte VI voulait t'enlever. Penser qu'il y aura un jour une sorcière comme reine du royaume voisin du sien...

— Que veux-tu dire au juste ? lui demanda Prudence, alertée, prenant soudainement conscience de l'uniforme perphydien.

Le blessé réalisa qu'il avait trop parlé. Il serra les lèvres et son visage se ferma. Ils ne tireraient rien de plus de lui.

Gohémond ne l'entendait pas ainsi. Il connaissait assez la politique pour savoir qu'il devait en apprendre plus. On risquait au minimum l'incident diplomatique, peut-être même la guerre. Il adopta une expression dure et résolue, et c'est d'une voix coupante qu'il s'adressa au blessé.

— Tu en as trop dit ou pas assez, dit-il. Allez, vide ton sac.

Pour toute réponse, le soldat serra davantage les lèvres. Gohémond décida d'employer les grands moyens.

— Écoute-moi bien, dit-il, parce que je ne le répéterai pas. La princesse n'a qu'un mot à dire et tu serviras de dessert à ses loups. Je te préviens : si tu refuses de parler, je n'hésiterai pas une seconde, et la princesse non plus. Alors, décide-toi, et vite.

Il n'avait aucunement l'intention de mettre ses menaces à exécution, mais il espérait que l'homme l'en croirait capable.

Le visage de l'homme indiqua qu'il prenait la menace au sérieux. Il allait parler.

— C'est bon, dit-il. Je vais vous dire ce que je sais...

Le Perphydien se mit à table.

Gohémond et Prudence écoutèrent avec la plus grande attention. Le cerveau de la princesse fonctionnait à toute vitesse. Elle comprit que le roi Hypocritte VI, réputé tant pour sa couardise que pour son manque d'imagination, n'aurait osé formuler un plan contre la princesse sans s'assurer de la complicité d'une personne haut placée à la cour du roi Clovis. Elle sut qu'elle devait retourner au château au plus vite pour rassurer ses parents sur son sort et les prévenir du complot et de la présence d'un traître à la cour.

Gohémond, de son côté, était arrivé aux mêmes conclusions que Prudence. Le soldat ayant terminé son récit, Gohémond dit à la princesse :

— Prudence, tu dois retourner chez tes parents avant qu'ils n'apprennent les machinations du roi de Perphydie.

— Je sais, dit Prudence, soucieuse. J'espère qu'il n'est pas trop tard.

Puis, désignant de la tête le soldat blessé, elle demanda :

— Que faisons-nous de lui ?

Gohémond réfléchit avant de répondre, puis il dit :

— Je pense que nous devrions l'emmener

avec nous. On ne peut pas l'abandonner ici. Ses blessures ne sont pas mortelles, mais il est trop faible pour regagner son foyer sans aide. En plus, je suis d'avis que nous aurons besoin de lui pour témoigner du complot ourdi contre toi.

— D'accord, dit Prudence.

Ils rassemblèrent leurs affaires.

Le Perphydien se sentit soulagé ; on ne le tuerait pas. Bien sûr, il risquait de passer quelque temps dans les geôles de Clovis Ier, mais c'était là un sort enviable comparé à la mort. Reconnaissant envers les trois amis, il résolut de faire son possible pour ne pas ralentir leur progression.

Gohémond se chargea de l'arbalète et de sa lourde épée, et aida le prisonnier à se relever. Ce dernier arriverait à marcher un peu, mais Gohémond constata, à son plus grand déplaisir, qu'il devrait porter le blessé de temps en temps pour lui permettre de se reposer sans ralentir le groupe.

Philémon, quant à lui, reprit sa dague et la glissa dans sa ceinture. Il ramassa aussi le paquet contenant les céréales et les ustensiles. Prudence ne porterait rien : sa blessure ne l'incommodait pas trop et elle pourrait marcher à un bon rythme, à condition toutefois de ne pas porter de charge.

Les trois amis et le blessé se mirent en route, ce dernier appuyé sur l'épaule de Gohémond.

14

En partant, personne ne s'était préoccupé des loups. Pourtant, ils accompagnèrent le petit groupe comme ils l'avaient fait auparavant, demeurant hors de vue, mais ne s'éloignant jamais beaucoup.

Grâce aux jalons posés tout au long du trajet par Philémon, ils atteignirent la lisière de la forêt un peu avant le coucher du soleil. Les loups réapparurent, ne disposant plus du couvert des bois.

Tous se sentaient las, aussi décidèrent-ils de rester là pour la nuit. Gohémond fit du feu, puis les humains s'étendirent. Les loups, qui avaient pris place à quelque distance autour d'eux, se couchèrent également, à l'exception comme toujours de trois d'entre eux qui montèrent la garde.

Toute la compagnie dormit à poings fermés jusqu'aux premières lueurs de l'aube. Le prisonnier s'éveilla le premier. Un autre que lui aurait peut-être profité de l'occasion pour essayer de s'enfuir, mais pas lui ; son honneur de militaire le lui interdisait. On ne l'avait pas attaché ni entravé d'aucune façon, et il entendait bien se montrer digne de cette marque de confiance. De toute façon, constata-t-il en souriant amèrement, il n'aurait eu aucune chance de s'échapper, avec les loups qui montaient la garde autour du petit campement.

Les animaux, en voyant bouger le Perphydien, se mirent à tourner en rond. Certains d'entre eux laissèrent échapper des grondements menaçants.

Prudence, alertée par le bruit, s'éveilla aussitôt, ce qui eut pour effet de calmer les bêtes. Gohémond et Casse-cou ouvrirent aussi les yeux.

Gohémond, en pleine forme malgré l'heure matinale, suggéra qu'on reprenne la route le plus tôt possible. En partant tout de suite, le petit groupe atteindrait la cabane du colosse aux environs de midi. Là, on trouverait de quoi se restaurer et on pourrait faire des provisions pour le reste du trajet.

Ils ramassèrent leurs affaires et partirent en direction de la cabane de Gohémond. Prudence fut agréablement surprise de voir que les loups les accompagnaient toujours.

Ils marchèrent à une allure forcée toute la matinée et arrivèrent à la demeure du colosse bien avant que le soleil n'atteigne le zénith.

Dès qu'ils aperçurent l'habitation, les loups devinrent méfiants, reniflant une présence étrangère, puis se précipitèrent au-delà de la maisonnette.

On entendit des hennissements apeurés et des imprécations.

Cinq hommes portant l'uniforme du royaume de Verdurie surgirent de derrière la cabane, tentant à grand-peine de maîtriser leurs chevaux. Ces derniers, encerclés par la meute, cherchaient désespérément une ouverture entre les prédateurs pour s'enfuir.

Un des soldats jeta un regard sur les nouveaux venus. À sa grande surprise, il reconnut parmi eux la princesse, habillée en paysanne, ses pauvres vêtements maculés de sang séché. Il cria aussitôt :

— La princesse ! Son Altesse Prudence !

Montures et cavaliers se figèrent. Les autres soldats reconnurent Prudence à leur tour, accompagnée d'un petit paysan du même âge qu'elle, de Gohémond Sans-Merci, qu'ils connaissaient, et d'un soldat de Perphydie, apparemment blessé. Ils en restèrent bouche bée, oubliant les loups qui les encerclaient toujours.

Prudence traversa leur cercle et s'approcha du sergent, reconnaissable à son casque plus pointu que celui de ses hommes.

Le militaire ne comprenait rien à la scène qu'il avait sous les yeux. Comme tout le monde, il croyait qu'on avait enlevé l'héritière du trône, et voilà qu'il la retrouvait et qu'elle n'avait nullement l'air d'être retenue contre son gré. Qui plus est, la présence des loups ne semblait pas l'effrayer. Ne sachant trop que faire, il décida de se rabattre sur une formule de politesse. Il descendit prestement de cheval et mit un genou en terre.

— Sergent Boromé, pour vous servir, Votre Altesse.

Prudence retrouva instantanément le port altier qui convenait et répondit à l'homme d'armes en ces termes :

— Bienvenue, sergent Boromé. Je suis heureuse de vous voir. Je me doute fort que la situation vous semble incompréhensible et que vous souhaitez obtenir des éclaircissements. Malheureusement, le temps me presse : je dois me rendre sans délai auprès du roi, mon père. Sachez seulement que je me porte bien, que j'ai l'honneur de compter ces gens qui m'entourent parmi mes amis, et que les loups forment ma... garde personnelle, si je puis m'exprimer ainsi.

— Loin de moi la pensée de vous importuner avec des questions indiscrètes, Votre Altesse, mentit Boromé. Dites-moi seulement en quoi je peux vous servir. Vos désirs sont des ordres.

— Bien, fit la princesse. Comme je vous le disais il y a un instant, une affaire de la plus haute importance nous appelle à la cour, mes compagnons et moi. J'aimerais emprunter les montures de vos hommes. Ils pourront attendre ici, le temps que j'envoie une autre patrouille avec des chevaux frais pour les ramener au château.

— Mais certainement, Votre Altesse. Allez, vous autres, dit-il à ses hommes en se relevant, descendez de cheval !

Pendant que ses hommes mettaient pied à terre en observant nerveusement les loups qui les entouraient, le sergent, inquiet de leur sort, interrogea la princesse :

— Hum... Et votre garde personnelle, Votre Altesse ? Mes hommes sont courageux, mais...

Prudence eut un petit rire espiègle avant de répondre :

— Ne vous inquiétez pas pour eux. Mes « gardes » m'accompagneront, bien sûr. Ils font preuve d'une grande loyauté et me suivent partout.

— Hum... Soit, dit-il. Permettez-vous que je vous accompagne également ?

— Mais bien sûr, répondit Prudence. Nous disposons de cinq chevaux et nous sommes cinq: vous-même, le soldat perphydien, Philémon, Gohémond et moi.

— Justement, Votre Altesse, fit le sergent Boromé. À ce propos... Êtes-vous bien sûre de vouloir monter à cheval ? Je... Je crois savoir que votre expérience équestre se limite à fort peu et...

— Vous avez raison, l'interrompit-elle. Je ne suis jamais montée à cheval de toute ma vie.

— Dans ce cas, dit Boromé, il serait préférable que vous montiez avec moi. Nous laisserons un cheval ici, au cas où un de mes hommes en aurait besoin.

La princesse acquiesça. Gohémond s'empressa d'inviter les soldats à visiter son garde-manger si l'envie leur en prenait, puis il monta en selle. Les autres suivirent son exemple, sauf Prudence qui, installée juste devant le sergent, s'accrocha à l'encolure de son cheval.

Prudence donna le signal du départ.

Après une rapide chevauchée, la petite troupe arriva à la rivière en un point situé à une lieue en aval de l'endroit où les jeunes avaient traversé à gué.

Un grand radeau se trouvait là, accosté à un quai. Un énorme câble reliait les deux rives.

Les passeurs s'en servaient pour tirer le radeau d'un côté à l'autre de la rivière. Ceux-ci, au nombre de quatre, regardèrent, bouche bée, l'arrivée du groupe.

En arrivant sur le quai, la princesse et ses compagnons descendirent de cheval. Ils se retrouvèrent debout au milieu des loups, causant un certain émoi chez les passeurs. Comme il ne se produisait rien, la crainte de ces derniers se teinta de curiosité. Prudence, pressée, ordonna aux bateliers de se préparer à traverser avec hommes et bêtes, sans un mot d'explication.

Les passeurs firent ce qu'on leur ordonnait et quelques minutes plus tard, l'embarcation glissait sur la rivière avec à bord hommes, chevaux et loups. La traversée fut courte et bientôt l'embarcation accosta sur l'autre rive.

Les loups avaient bondi sur le quai dès que le garde-fou avait été ouvert. Là, ils attendirent leur maîtresse en trépignant. Celle-ci débarqua. Ses compagnons la suivirent et tous enfourchèrent leur monture.

Prudence dit au revoir aux bateliers abasourdis et ils répondirent en s'inclinant maladroitement.

Le petit groupe s'en alla au trot. Les loups

se mirent aussitôt en mouvement et partirent à sa suite.

Avançant à vive allure, le groupe arriva en moins d'une heure en vue de la ferme où Philémon avait volé de la nourriture et des vêtements. En approchant, Prudence vit que toute la famille était dehors, s'occupant à divers travaux autour de la maison. Elle vit aussi que tous étaient vêtus misérablement et en eut un pincement au cœur. Elle comprit que Philémon et elle les avaient dépouillés de leurs plus beaux atours, qui pourtant n'avaient rien d'élégant. Les fermiers relevèrent la tête, alertés par le bruit de la chevauchée. Une jeune fille de l'âge de Prudence pointa du doigt dans la direction des cavaliers et dit quelque chose que ceux-ci n'entendirent pas. L'homme de la maison saisit une fourche et serra sa fille contre lui pendant que sa femme prenait dans ses bras un garçonnet.

Maintenant suffisamment près pour bien distinguer les visages des fermiers, Prudence y lut une grande crainte. D'abord surprise, elle comprit en se regardant et en examinant ses compagnons que leur aspect n'avait rien de rassurant. De plus, les loups à leurs côtés contribuaient à rendre leur apparence plus menaçante encore. Elle arrêta sa monture et fit signe à ses compagnons de faire de même.

Le fermier était tendu et avait visiblement très peur, mais il pointa sa fourche vers les nouveaux arrivants et leur dit d'une voix résolue :

— Je ne sais pas qui vous êtes, mais il n'y a rien pour vous ici. Nous ne possédons que cette maison, un potager et les vêtements que nous avons sur le dos. Nous avions bien quelques habits pour les grandes occasions, mais d'autres brigands sont venus il y a quelques jours et ont tout emporté durant la nuit.

Pendant qu'il parlait, sa fille le tirait par son pantalon. Dès qu'il eut fini, elle s'écria :

— C'est ma robe ! Elle porte ma robe et ma veste. C'est tout sale, mais c'est à moi, j'en suis sûre. Et puis elle, elle ressemble à la princesse.

La princesse eut honte. Sa mine déconfite n'échappa pas au fermier, dont le regard passait sans comprendre de sa propre fille à cette autre jeune fille qui ressemblait en effet à la princesse Prudence. Décontenancé, le paysan baissa un peu sa fourche. Prudence le regarda droit dans les yeux et dit :

— Ta fille a raison. Je porte bel et bien ses vêtements et je suis vraiment la princesse.

L'homme laissa tomber sa fourche et s'inclina bien bas en disant :

— Votre Altesse ! Pardonnez-moi. Si j'avais su à qui je m'adressais, croyez bien que jamais je ne me serais permis de...

Prudence lui coupa la parole. C'est cependant d'une voix contrite qu'elle lui dit :

— Redresse-toi. Ne t'excuse de rien. C'est moi qui te dois des excuses, car c'est moi et le jeune garçon qui m'accompagne qui avons volé votre bien.

Avant que l'homme puisse répliquer, Prudence se tourna vers le sergent Boromé et lui demanda de sortir 20 pièces d'or de sa bourse pour les donner au fermier. Le militaire descendit de cheval, compta les pièces et les remit au cultivateur. Ce dernier regarda l'or dans ses mains et dit :

— Mais c'est beaucoup trop, Votre Altesse. C'est plus d'argent que je n'en gagne en un an. Reprenez-le, ajouta-t-il en tendant les mains vers Prudence. Je ne puis accepter.

La princesse ignora les mains tendues. Elle parla de nouveau, tandis que le sergent remontait à cheval.

— Garde cet or, c'est bien peu de choses en compensation du tort que je vous ai causé, à toi et à ta famille. Je dois partir, maintenant, mais sache que je ne vous oublierai pas.

Sur ces mots, et alors que le fermier protestait encore, la princesse dit au sergent de lancer son cheval sur la route. Toute la famille de paysans regarda le groupe s'éloigner. La fillette dit à son père :

— Papa, elle est gentille, la princesse. J'espère qu'elle deviendra reine un jour.

L'homme lui caressa les cheveux et dit :

— Je l'espère aussi, ma petite, je l'espère aussi.

Le petit groupe galopait, soulevant la poussière du sentier. Le soleil baissait à l'horizon. À cette vitesse, cependant, Prudence ne doutait pas d'atteindre le château avant la nuit. Elle avait faim et soif. Elle avait mal partout à force de chevaucher. Ses jambes, surtout, la faisaient souffrir, à tel point qu'elle se demanda si elle ne marcherait pas les jambes arquées pour le restant de ses jours.

Enfin, ils arrivèrent en vue du château. Les tours massives se profilaient devant le soleil couchant. Émue, la princesse regarda l'immense construction de pierre qui l'avait abritée toute sa vie. Elle ne savait plus si elle était triste ou heureuse d'y retourner...

15

Au sommet d'une des tours, une sentinelle repéra l'étrange groupe. L'homme remarqua que l'un des cavaliers portait l'uniforme de l'armée verdurienne : normal. Un autre, cependant, semblait vêtu aux couleurs du royaume de Perphydie. Tiens, tiens ; ça devenait intéressant. Devant le militaire verdurien, une jeune fille aux longs cheveux bouclés. Le guetteur plissa les paupières pour mieux voir et il arriva bientôt à distinguer les traits de la jeune fille et reconnut la princesse.

Il fallait prévenir les souverains tout de suite. L'homme partit à la course sur le chemin de ronde pour rejoindre l'escalier le plus proche et se diriger vers les appartements royaux.

En arrivant à la porte, il cogna en criant :

— Prudence, la princesse, elle arrive...

La porte s'ouvrit et le roi apparut, les traits tirés, l'œil hagard.

— Qu'est-ce que c'est que ce chahut ? tonna-t-il. J'avais ordonné qu'on ne nous dérange sous aucun prétexte.

— Mais la princesse Prudence arrive, Sire.

— Comment ? fit le roi. Ai-je bien entendu ?

Le guetteur fit oui de la tête.

Clovis Ier se précipita à la fenêtre et sortit la tête à l'extérieur, regardant dans tous les sens. Il aperçut aussitôt le groupe, maintenant tout près de l'entrée principale. La princesse était bien là. Il ne remarqua même pas l'étrange compagnie de sa fille : il ne voyait qu'elle. Il sortit les deux bras et se mit à gesticuler, tout en hurlant :

— Prudence, je suis là !

Funégonde II se réveilla d'un sommeil agité et se redressa sur son lit. Elle sauta sur ses pieds et courut elle aussi à la fenêtre. Elle repéra sa petite princesse qui, ayant entendu les appels de son père, fit un signe de la main, un sourire éclatant illuminant son visage. La reine lui répondit en agitant frénétiquement les bras.

D'autres cris avaient retenti, puis un bruit de chaînes et de poulies. Les hommes qui servaient le pont-levis avaient eux aussi reconnu la princesse et se dépêchaient de lui ouvrir.

Le roi et la reine rentrèrent prestement. Ils se regardèrent et tombèrent dans les bras l'un de l'autre en versant des larmes de joie. Puis, d'un commun accord, ils coururent vers la porte et descendirent l'escalier aussi rapidement qu'ils le purent, bousculant la sentinelle au passage.

Arrivés au bas de la tour, Clovis Ier et Funégonde II découvrirent un spectacle qui les laissa pantois.

Les nouveaux arrivants étaient descendus de cheval. Prudence portait des vêtements tachés de sang et son visage, rougi comme par un coup de soleil, montrait des traits tirés et une fatigue intense, allégée cependant par un regard humide de bonheur. De part et d'autre de Prudence se trouvaient un jeune garçon et un gros homme hirsute d'aspect menaçant, armé d'une arbalète et d'une lourde épée à double tranchant. Juste derrière, un sergent de l'armée royale contemplait la foule, accompagné d'un soldat du royaume de Perphydie.

Tout cela était déjà assez étrange, mais quelque chose d'encore plus extraordinaire venait compléter le tableau. Des loups avaient pris place, assis en cercle autour du petit groupe, leurs regards dirigés droit sur Prudence.

Le médecin arriva, talonné de près par l'astrologue. Tous deux avaient entendu du bruit et étaient venus voir ce qui se passait. Le médecin remarqua tout de suite le sang sur Prudence. Par réflexe, il ordonna à un page :

— Vite ! Cours chez moi chercher le

matériel pour une saignée.

Comme le page le regardait sans comprendre, le médecin ajouta :

— Mais qu'attends-tu, abruti ? Qu'elle meure au bout de son sang ?

Le page ne bougea pas. Il se posait des questions sur la santé mentale du disciple d'Esculape.

Au grand soulagement de Prudence, qui se voyait déjà obligée de rabrouer vertement le soigneur pour son manque de jugement, Gohémond intervint.

— Je ne crois pas qu'une saignée soit indiquée dans les circonstances. Son Altesse a subi une blessure à la poitrine, sans gravité aucune, rassurez-vous, que j'ai soigneusement désinfectée et pansée. La plaie est bien refermée et ne présente aucun signe d'infection. Son Altesse n'a donc nul besoin de vos soins. Un de nos compagnons, cependant, a été atteint plus sévèrement, poursuivit Gohémond en se retournant et en désignant le prisonnier perphydien, qui jugea le moment opportun pour perdre conscience et tomber de tout son long.

Personne ne bougea et le médecin, humilié publiquement, encore moins que quiconque.

— Toi, et toi, fit Gohémond en désignant

deux soldats, ramassez le Perphydien et portez-le là où on pourra le soigner convenablement. Il a surtout besoin de repos et d'un bon repas. Qu'attendez-vous ? demanda-t-il avant de noter les regards craintifs que les soldats désignés jetaient aux loups. Ne craignez rien d'eux. Ces loups sont nos amis et ne vous feront aucun mal.

En hésitant, les soldats s'approchèrent et firent ce qu'on leur ordonnait. Ils prirent le blessé, aussi délicatement qu'ils le purent, et le portèrent hors du cercle pour l'amener en lieu sûr. Ce début d'action sembla donner le signal d'un réveil général. Plusieurs personnes se précipitèrent pour offrir leur aide aux autres cavaliers, tandis que le roi et la reine s'approchaient de leur fille.

Le roi tendit les bras, et Prudence s'y blottit. La reine enlaça le père et la fille. Tous trois se serrèrent très fort, en murmurant des mots sans suite, éperdus de bonheur.

Le reste de l'assistance se tut. Tous regardèrent les embrassades et plus d'un essuya une larme.

De la fenêtre de sa chambre, le chef du protocole, dit « la Couleuvre », observait toute la scène. Il avait préféré ne pas descendre tout de suite, jugeant plus prudent de prendre son temps pour décider de l'attitude appropriée à adopter lorsqu'il rejoindrait les souverains. Bien lui en prit, car il nota avec inquiétude la présence parmi le groupe d'un soldat perphydien blessé. Il devait apprendre au plus vite ce qui s'était passé, mais sans donner l'air de s'y intéresser vraiment ; personne ne devait soupçonner qu'il avait peut-être quelque chose à voir avec une quelconque action perphydienne.

Il était temps d'aller rejoindre les autres. Il quitta sa fenêtre. À tout hasard, il prépara une valise qu'il bourra de pièces d'or et se munit d'une dague. Il se composa un masque joyeux doublé d'une saine curiosité et se mit en route vers l'assemblée.

Dans la cour du château, le roi déposa enfin Prudence par terre et celle-ci se rendit compte que, une fois la première vague d'émotion passée, son père se préparait à l'abreuver de questions et de reproches. Elle décida d'y couper court tout de suite.

— Père, dit-elle, je suis fatiguée et mes compagnons aussi. Il y a une chose, cependant, dont je dois vous entretenir de toute urgence, une chose extrêmement grave...

Clovis Ier l'interrompit. Tous les regards étaient fixés sur la famille royale et il lui semblait qu'un certain décorum était de rigueur.

— Jeune fille, il me semble que vous nous devez, à votre reine et à moi, des explications. D'abord, j'exige de savoir qui sont ces gens mal dégrossis qui vous accompagnent et que font ici ces bêtes malodorantes qui ne vous quittent pas des yeux. Ensuite...

Prudence, au bord de l'épuisement, sentit les larmes lui monter aux yeux. Pas encore une altercation ! songea-t-elle.

— Mais Sire, dit-elle, finirez-vous par m'écouter à la fin ? Ce que j'ai à dire concerne la sécurité du royaume.

Le roi allait se fâcher devant ce nouveau défi à son autorité quand la reine, sentant venir une répétition des événements qui avaient tout déclenché, s'interposa :

— Clovis, lui chuchota-t-elle à l'oreille, ça suffit. Votre colère a failli nous coûter notre fille une fois déjà. C'est assez.

Le souverain ouvrit la bouche, mais la reine lui lança un tel regard qu'il en resta coi.

Funégonde II dit, s'adressant à sa fille :

— Allez, ma fille chérie. Parlez. Nous vous écoutons. N'est-ce pas, Sire ?

Le roi fit oui de la tête, de mauvaise grâce.

Personne ne remarqua le chef du protocole, qui venait de se joindre discrètement au groupe situé le plus près de Prudence et de ses parents.

Prudence parla du complot ourdi par Hypocritte VI et de sa certitude que ce complot n'aurait jamais vu le jour sans l'encouragement de quelqu'un de bien placé à la cour. Pour convaincre le roi, elle raconta l'attaque dont elle et ses compagnons avaient fait l'objet. Elle conseilla finalement à ses parents d'interroger le soldat capturé dès que son état le permettrait.

Le roi s'était radouci. La situation avait l'air sérieuse. Il dit :

— Je vous remercie d'avoir porté à mon attention des renseignements qui, s'ils sont exacts, s'avéreront en effet capitaux pour la sécurité de mon royaume. Notre priorité, dans l'hypothèse d'un complot, sera de démasquer le traître qui se cache en nos murs.

En entendant ces mots, « la Couleuvre » sut qu'il devait filer à la première occasion. Il ne faudrait pas beaucoup de temps au roi pour remonter jusqu'à lui. Il décida de s'éclipser pendant la nuit et se réjouit d'avoir prévu cette éventualité avant de descendre. Comme d'habitude, il pouvait se féliciter de sa clairvoyance.

Sans qu'il s'en aperçoive, cependant, Gohémond l'avait regardé un bref instant, juste assez pour voir une fugitive expression de ruse triomphante percer le masque de candeur. Le colosse se dit qu'il ferait bien de garder ce type à l'œil, car il avait toutes les caractéristiques d'un intrigant.

La princesse était contente que son père l'ait écoutée jusqu'au bout sans l'interrompre, et encore plus heureuse qu'il l'ait prise au sérieux. Elle s'adressa à lui très poliment:

— Père, comme je vous l'ai dit plus tôt, mes compagnons et moi-même sommes fatigués, et nous aimerions nous restaurer. Je sais que vous vous demandez qui sont ces gens, à part peut-être le sergent à mes côtés. Alors, puis-je vous suggérer de les inviter à votre table? Je vous les présenterai pendant le repas tout en vous faisant le récit de mes aventures des derniers jours. Mais, auparavant, je crois que nous aimerions tous prendre un bon bain. Quant aux loups, j'aimerais qu'ils puissent m'accompagner et manger les restes de notre repas. Je sais que cette dernière requête peut vous sembler bizarre, mais je promets de tout expliquer.

— Soit, répondit le roi, conciliant. Et même, on nourrira les loups de bonne viande fraîche et pas de restes. J'invite donc toute la cour à un festin qui se tiendra à la salle des banquets, dans deux heures. Entre-temps, qu'on baigne et qu'on dorlote la princesse et ses compagnons.

« La Couleuvre » ne put s'empêcher de faire une moue de dépit, se disant qu'il devrait attendre la fin du banquet pour s'en aller, afin d'éviter d'attirer trop vite les soupçons sur lui.

Des domestiques escortèrent Prudence et ses amis vers les salles d'eau. Les loups accompagnèrent la princesse, ce qui suscita de nombreux commentaires. Puis les gens commencèrent à se disperser, chacun voulant se préparer et mettre ses plus beaux atours pour le repas.

Le roi retint quelques instants le médecin en chef et l'astrologue. Il leur dit :

— Vous, docteur, allez soigner le blessé. Et pas de saignée, je vous prie.

Comme l'astrologue rigolait sous cape de la façon dont le roi avait apostrophé le rebouteur, le monarque lui lança :

— Quant à vous, le devin, vous allez prendre les renseignements nécessaires auprès du prisonnier pour dresser sa carte du ciel. Je veux un profil complet sur cet homme : passé, présent et avenir. Et surtout, je veux savoir exactement ce qu'il en est de cette histoire de complot. Cette fois, ne pensez pas vous en tirer avec des entourloupettes. J'ai peut-être fait preuve de naïveté dans le passé, à cause du souci que je me faisais pour la princesse, mais cette époque est révolue. Alors, des faits, des faits et encore des faits. C'est clair ?

— Oui, Sire, fit le mage en s'inclinant, pendant que le médecin rigolait à son tour.

— Alors, dit le roi, qu'est-ce que vous attendez tous les deux ? Allez, ouste ! Vous avez du travail.

La reine regarda le roi avec amour et tendresse. Le bonheur la rendait radieuse, malgré ses traits tirés par la fatigue et ses yeux bouffis d'avoir trop pleuré au cours des derniers jours. Elle dit à son mari :

— Merci d'avoir écouté notre fille. Avez-vous remarqué que ni l'un ni l'autre, nous n'avons songé à rétablir les précautions dont nous l'avions toujours entourée ?

— Mais ce n'est que trop vrai, ma mie. Où avais-je donc la tête ? Vite, je vais appeler des gardes et...

La reine l'arrêta tout de suite.

— N'en faites rien pour l'instant. Je ne crois pas que nous devrions agir si promptement. J'ai l'impression confuse que bien des choses vont changer, sans trop savoir quoi ni comment. Et puis, vous avez vu, Prudence a été blessée, mais ne semble pas s'en porter plus mal, ni ne semble s'en préoccuper. En plus, ces loups qui la suivent me donnent froid dans le dos, mais, curieusement, me fascinent aussi... C'est comme si... Enfin, je ne sais pas.

Clovis Ier réfléchit et conclut que son épouse avait raison. Lui aussi avait le très fort sentiment que sa fille avait vécu des choses qui l'avaient marquée profondément. Pourtant, elle ne semblait pas traumatisée : au contraire, il avait cru déceler chez elle une force qu'il n'avait jamais soupçonnée auparavant. Il sourit à la reine, puis appela les domestiques et leur ordonna de préparer les vêtements d'apparat. Il prit la main de Funégonde II et tous deux montèrent se préparer pour le banquet.

16

Pendant qu'on l'habillait, Clovis Ier fut prévenu que le chef du protocole avait tenté de voir le prisonnier. C'était là un fait révélateur, puisque seuls le médecin et l'astrologue avaient été autorisés à s'approcher du prévenu. Cela confirma les doutes du roi quant à la fidélité de son premier diplomate. Une idée commença à germer dans son esprit.

Dans la salle d'eau des femmes, Prudence venait de sortir d'un bain chaud et parfumé, et les servantes la séchaient.

Le sergent, Gohémond et Casse-cou, eux, déjà lavés, mettaient la dernière main à leur toilette, vérifiant les derniers détails et admirant les riches vêtements dont on les avait parés. Un page arriva et les invita à le suivre à la salle des banquets. Ils emboîtèrent le pas au jeune homme.

En arrivant à la salle des banquets, tous trois laissèrent échapper un sifflement admiratif à la vue de l'immense pièce, encore plus richement décorée qu'à l'habitude. On avait dressé une somptueuse table d'honneur destinée à accueillir la famille royale et les compagnons de la princesse. Le page dirigea les trois arrivants vers la table d'honneur et leur demanda de s'asseoir en attendant les époux royaux.

Les autres invités, qui s'étaient tus à leur arrivée, reprirent leurs conversations, mais à voix basse.

Gohémond parcourait l'assemblée du regard. Il chercha à repérer, à travers tous ces gens, l'intrigant aperçu dans la cour du château. Il y parvint sans difficulté. Le costume du diplomate, outrageusement flamboyant, le rendait impossible à manquer. Gohémond nota les regards furtifs que lui lançait à l'occasion le rusé personnage. Tout à côté de l'individu, un siège au dossier sculpté aux armes du royaume de Perphydie et réservé à l'ambassadeur de ce pays demeurait vide, ce qui ne manqua pas d'intriguer le colosse.

Ses pensées furent interrompues par l'entrée de Clovis Ier et de Funégonde II qui avançaient tous deux vers la table d'honneur, vêtus de leurs plus beaux costumes.

Les conversations cessèrent et toute l'assistance se leva pour accueillir le roi et la reine. Puis on annonça l'entrée de la princesse. Celle-ci, tout aussi richement habillée que ses parents, fit quelques pas dans la salle. Aussitôt, des exclamations d'étonnement et toutes sortes de murmures emplirent l'immense pièce, car, derrière la princesse, douze loups avançaient au pas, suivant leur maîtresse. Des regards respectueux, empreints toutefois de crainte superstitieuse, suivirent Prudence et son escorte.

Pour les loups, on avait disposé sur le sol d'immenses bols remplis de belles pièces de viande et de gros os.

Pendant que la princesse contournait la table pour rejoindre ses parents, les loups reniflèrent la viande en se léchant les babines, mais se gardèrent bien d'y toucher tout de suite.

Le roi invita tout le monde à s'asseoir et à profiter du repas. Lui-même s'assit et le service débuta.

Prudence refusa qu'on lui coupe ses aliments comme à l'accoutumée. Elle refusa même les services de son goûteur, ce qui irrita son père, mais moins qu'elle ne l'aurait cru.

On mangea avec moins d'appétit que d'habitude. En fait, tous se donnèrent le mot pour expédier le repas, car ils savaient que Prudence ne commencerait pas son récit avant le dessert.

Enfin, on apporta des cuisines de somptueux gâteaux, des fromages et des fruits. À peine avait-on déposé les plats sur les tables que le roi se leva. Clovis Ier invita formellement la princesse à raconter ses aventures.

Tout le temps que dura le récit de la princesse, on aurait pu entendre une mouche voler. Les domestiques et les employés des cuisines avaient quitté leur poste et se tenaient debout tout autour de la salle, ne voulant rien manquer eux non plus.

À l'instant où Prudence finissait de relater l'attaque de la patrouille perphydienne, le roi se leva et l'interrompit.

— À ce sujet, dit Clovis Ier, j'ai obtenu de nouveaux éléments d'information. Un prisonnier perphydien, ramené par la princesse et ses compagnons, a confirmé la présence d'un traître en notre royaume. Malheureusement pour le traître, le prisonnier était de garde au palais d'Hypocritte VI lorsque l'ambassadeur de Perphydie, qui brille d'ailleurs par son absence, est venu suggérer à son roi de comploter contre nous. Au cours de la conversation, l'ambassadeur a formellement identifié le traître.

Le roi avait décidé de tenter ce bluff en espérant décontenancer « la Couleuvre », mais il n'avait pas prévu que le coupable puisse perdre complètement la tête. C'est exactement ce qui arriva.

Un cri de rage retentit et, avant que quiconque ait pu bouger, le chef du protocole avait bondi et s'était emparé de Prudence. Il appuya la pointe acérée d'une dague sur la gorge de Prudence et cria à la ronde qu'il n'hésiterait pas à tuer la princesse.

Il y eut quelques instants de confusion, des tables furent renversées par des chevaliers qui se levèrent en dégainant leur épée. La reine se leva d'un bond, prête à se jeter sur le diplomate, mais un seul regard la convainquit que l'homme mettrait sa menace à exécution si on tentait quoi que ce soit.

Philémon serra le manche de sa propre dague sous la table, impuissant.

Les loups se mirent à gronder en découvrant leurs crocs.

Clovis Ier fit signe aux invités de laisser le passage au criminel et à son otage. L'odieux personnage se dirigea lentement vers la sortie, son attention fixée sur les chevaliers les plus près de lui. Gohémond en profita pour bondir et se jeter sur le traître. Il saisit le bras armé et le tordit violemment. Le diplomate poussa un cri de douleur et lâcha son arme. Puis il aperçut un énorme poing qui le cueillit au menton et l'envoya rouler par terre, à demi inconscient.

Dans l'assistance, les chevaliers furent les premiers à réagir. Plusieurs d'entre eux se précipitèrent pour se saisir de « la Couleuvre ».

Gohémond se releva pour les laisser emmener le mécréant. Le roi et la reine arrivèrent sur les talons des chevaliers et serrèrent Prudence dans leur bras pendant que Philémon allait serrer la main de Gohémond.

Le couple royal jeta un regard éperdu de reconnaissance en direction du gros homme qui venait de sauver leur fille.

Clovis Ier regarda avec mépris son ex-chef du protocole, encadré et solidement maintenu par deux chevaliers. Il ordonna aux deux hommes d'enfermer le diplomate dans ses quartiers en attendant qu'on décide de son sort. Les hommes entraînèrent le prisonnier, qui lança au roi un dernier regard haineux avant de disparaître de sa vue. Puis le monarque s'adressa à Gohémond :

— Le récit de Prudence vous désignait déjà, vous et Philémon, comme ses amis fidèles. Vous méritez une récompense. Dites-moi seulement ce que vous désirez et je ferai tout en mon pouvoir pour exaucer vos souhaits.

— Je ne veux rien, Sire, dit Gohémond en s'inclinant devant son souverain. Voir Prudence saine et sauve est pour moi la plus belle des récompenses.

Le roi, qui aurait bien voulu manifester de façon tangible sa reconnaissance, ne savait trop que faire. Prudence le tira par la manche, l'entraîna un peu plus loin avec la reine et leur parla un moment à voix basse.

Lorsque la famille royale eut terminé son conciliabule, les époux royaux se consultèrent une dernière fois du regard, puis, se tournant vers la princesse, ils firent tous deux oui de la tête.

Prudence réagit en poussant un cri de joie et en applaudissant frénétiquement. Puis, voyant les regards amusés posés sur elle, elle se rendit compte que sa manifestation de joie spontanée s'accordait mal avec la dignité de son rang.

Le roi prit la parole, s'adressant à Gohémond et à Casse-cou :

— D'abord, je dois vous dire que notre fille tient beaucoup à vous deux. Elle vient de nous faire une suggestion qui lui permettrait de vous garder à ses côtés, tout en apaisant nos inquiétudes concernant sa sécurité... Vous, Gohémond, elle voudrait que je vous affecte à sa garde personnelle, avec bien entendu un grade approprié pour cette tâche importante... Quant à vous, Philémon, Prudence aimerait bien vous voir seconder Gohémond dans sa tâche auprès d'elle, mais d'une façon toute particulière. Elle propose de vous nommer Gardien de la meute, et votre tâche consisterait à vous occuper des loups. Ces idées nous plaisent, à la reine et à moi-même. Mais, car il y a un mais...

Il s'arrêta, la mine soudainement soucieuse, laissant durer le suspense, puis reprit finalement la parole.

— Mais, poursuivit-il, la chose présente certaines difficultés. Je ne peux nommer un mineur à un poste officiel sans le consentement de ses parents. Or, Philémon est orphelin, ce qui complique les choses. Dommage, ajouta-t-il en regardant Gohémond du coin de l'œil, car je suis certain qu'avec les conseils d'un homme aguerri, il ferait un serviteur efficace et compétent pour la princesse...

Philémon put difficilement contenir son chagrin. Il s'était toujours douté que, pour lui, l'aventure se terminerait de façon décevante. Malgré tout, de voir ses appréhensions confirmées le peinait terriblement.

Gohémond avait remarqué le regard que lui avait lancé le roi. Surpris, il chercha une explication du côté de Prudence. Celle-ci fixa Gohémond en souriant, puis Philémon, puis de nouveau Gohémond. Ce dernier comprit l'idée que Prudence avait derrière la tête. Il toussota et dit, s'adressant à Clovis Ier :

— Votre Majesté, si je comprends bien, il n'y aurait pas de problème si Philémon n'était pas orphelin

— C'est exact, dit le roi. Poursuivez.

— Dès lors, continua Gohémond en tournant son regard vers Philémon, si quelqu'un l'adoptait, ce quelqu'un pourrait donner le consentement parental.

— Toujours exact, fit le roi, réjoui de constater que le colosse avait saisi.

Philémon commençait à comprendre lui aussi. Se pourrait-il que... Il n'osait pas y penser.

Gohémond conclut, en regardant Philémon avec affection, le visage éclairé d'un large sourire :

— Dans ce cas, je propose d'adopter Philémon, si bien sûr il accepte.

Casse-cou n'eut pas besoin de répondre. Son air ravi répondit pour lui.

— Affaire entendue, déclara Clovis Ier. À partir de maintenant, Gohémond et Philémon, je vous déclare père et fils. Et comme je suppose, Gohémond, que vous acceptez que je nomme votre fils à des fonctions officielles, je décrète qu'à partir de ce jour, Philémon Sans-Merci, fils de Gohémond Sans-Merci, est nommé Gardien de la meute.

Casse-cou demeura sans voix. Il avait gagné un père et un poste officiel à la cour. Il demeurerait auprès de son amie Prudence. Il n'arrivait pas encore à le croire.

— Bon, dit le roi, il y a d'autres décisions à prendre, mais nous sommes tous fatigués et la nuit porte conseil. Demain matin, la reine et moi discuterons de la suite à donner aux événements concernant la Perphydie, puis nous convoquerons le Conseil. En attendant, que chacun aille se reposer.

La foule se dispersa en petits groupes et les conversations allèrent bon train. On commentait les événements, on se félicitait de découvrir une princesse courageuse et pleine de ressources.

Le roi ordonna qu'on prépare la chambre de la princesse et qu'on y enlève tous les accessoires destinés à sa protection. Il ordonna aussi qu'on aménage les pièces attenantes aux appartements de la princesse pour y loger Gohémond et son fils adoptif. Pour ce soir-là, à la demande expresse de Prudence, Clovis Ier autorisa cette dernière à garder les loups dans sa chambre.

Les domestiques effectuèrent les préparatifs avec célérité et tout le monde monta se coucher. Le roi et la reine allèrent border Prudence.

Les loups, éparpillés dans la chambre de la princesse, sentant le lien qui unissait les parents à leur fille, les laissèrent approcher sans faire d'histoires. Prudence, heureuse, en paix avec elle-même et avec ses parents, mais épuisée par ces aventures, tomba profondément endormie dès qu'elle se fut étendue. Douze loups, couchés autour de son lit, veilleraient sur son sommeil.

Clovis Ier et Funégonde II quittèrent la chambre de la princesse sur la pointe des pieds, puis ils visitèrent les quartiers aménagés pour Gohémond et Casse-cou afin de s'assurer personnellement de leur confort. Le colosse et le jeune garçon se confondirent en remerciements, assurant leurs hôtes que tout était parfait. Les monarques les quittèrent, après leur avoir recommandé de ne pas hésiter à sonner les domestiques s'ils avaient besoin de quoi que ce soit.

Pour la première fois depuis des jours, le roi et la reine avaient l'esprit libre d'inquiétude et la conscience en paix. Rendus dans leur chambre, ils laissèrent leurs serviteurs les préparer pour la nuit et, une fois couchés, s'endormirent rapidement.

17

Hypocritte VI, qui avait appris l'échec de son complot, s'était mis en route vers la Verdurie pour tenter de temporiser. Il arriva en grande pompe vers midi et fut accueilli dans la cour du château par Clovis Ier et Funégonde II, poliment mais sans plus. Après les discours d'usage, célébrant l'amitié indéfectible qui unissait les royaumes de Verdurie et de Perphydie, Hypocritte VI, Clovis Ier et Funégonde II eurent un entretien privé dans la salle du Conseil ; à peine une vingtaine de conseillers étaient présents de part et d'autre. Les palabres furent interminables et durèrent jusque tard dans la soirée, mais Hypocritte VI comprit avant la fin des entretiens qu'il ferait mieux de laisser tomber ses projets d'expansion.

Après les pourparlers, un banquet fut offert en l'honneur de l'illustre visiteur, puisque le protocole l'exigeait. Le lendemain, il repartit après de touchants discours d'adieu qui ne trompèrent personne.

Après son départ, Clovis Ier parla longuement avec Prudence, en présence de la reine. Il lui expliqua que l'ambassadeur perphydien paierait par sa disgrâce l'échec du complot de son maître, et que ce dernier sauvait ainsi la face en prétendant avoir été trompé par un mauvais conseiller. Clovis Ier et son vis-à-vis avaient ainsi pu passer l'éponge. L'incident était clos et on avait évité la guerre. Le roi assura à sa fille que « la Couleuvre », au moins, n'échapperait pas à un juste châtiment.

Prudence fut choquée : un des coupables, Hypocritte VI, allait s'en tirer sans même essuyer un blâme. Elle cria à l'injustice. Elle voulait voir Hypocritte VI puni pour ses méfaits. Son père lui expliqua alors que pour le punir, il faudrait lui faire la guerre et que des milliers d'innocents mourraient. Dès lors, laisser un crime impuni était le moindre de deux maux. Prudence, horrifiée, regarda sa mère.

Funégonde II rendit son regard à sa fille et lui confirma d'un signe de tête que le roi avait exprimé leurs vues à tous les deux.

Prudence comprit que la témérité avec laquelle elle avait affronté tous les dangers et surmonté tous les obstacles ne l'aiderait pas, lorsqu'elle aurait un jour à faire face à des choix semblables. Elle comprit que, parfois, le pouvoir exigeait des décisions immorales, ne serait-ce que pour éviter de plus grands malheurs.

Exercer le pouvoir semblait si compliqué. Elle aussi, un jour, devrait prendre des décisions qui lui répugneraient. Elle eut peur.

Clovis Ier comprit ses craintes. Il s'adressa à elle en la tutoyant, pour qu'elle comprenne bien que c'était son père qui lui parlait, et pas son roi.

— Je sais ce qui te fait peur, dit-il. Tu te demandes si tu seras à la hauteur de tes responsabilités lorsque tu deviendras reine. Le plus difficile, ce ne sera pas de distinguer le bien du mal, mais de devoir choisir entre deux maux. Pourtant, je sais que, le moment venu, tu porteras la couronne avec dignité. Je vois en toi la force que mon aveuglement m'avait cachée jusqu'à ce que tu t'enfuies.

Prudence sentit dans les paroles et le regard du roi qu'il lui faisait confiance. Cela lui fit chaud au cœur. Elle vit chez sa mère la même confiance. Pourtant, elle avait toujours peur, et elle sut que dorénavant, cette peur ne la quitterait jamais complètement.

Voyant qu'elle n'était pas vraiment rassurée, le roi et la reine échangèrent un regard, comme pour se concerter, puis la reine parla.

— Tu sais, Prudence, la peur est une émotion bien étrange. Sans elle, nous foncerions droit vers le désastre, mais elle peut aussi nous paralyser. Ton père et moi avons compris bien des choses. Nous avions tellement peur pour toi que nous avons failli causer ta perte. Tu comprends ?

— Je pense, dit Prudence.

La princesse se sentait très émue. Il fallait qu'ils l'aiment beaucoup pour avouer leurs torts. En réfléchissant à leurs paroles, elle eut l'intuition que vivre sans peur était aussi dangereux que vivre dans la crainte constante. Peut-être qu'agir prudemment, ça voulait dire trouver l'équilibre entre la témérité et la couardise.

— Je crois que je commence à comprendre ce que mon nom veut dire, dit la princesse en souriant.

— Nous aussi, répondit la reine en lui rendant son sourire.

Prudence se leva, fit la révérence et s'en alla retrouver ses amis et ses loups. Elle était heureuse.

Table des chapitres

COLLECTION ÉCHOS

Boraks-Nemetz, Lillian,
Slava (*B.C. Book Prize Children's Book
et The Jewish Book Committee's Prize*)

Bouchard, Camille,
L'empire chagrin
Les lucioles, peut-être
Absence (*finaliste prix Logidec 1996*)
Les démons de Babylone (*finaliste prix Logidec 1996*)

Boucher Mativat, Marie-Andrée,
Drôle de Moineau (*prix Monique-Corriveau 1992*)

Bourdon, Odette,
Un été en ville

Chatillon, Pierre,
L'Atlantidien

Duchesne, Suzanne,
L'esprit tourmenté

Eaglenor, Brian,
Le corbillard (*sélection palmarès de la livromanie 1995/1996*)
Grignotements
L'ennemie

Farcy, Claudine,
Pleine crise (*prix Alvine-Bélisle 1992*)

Grenier, Michel,
Prudence, la princesse téméraire

Guillet, Jean-Pierre,
Le paradis perdu
Destinées
L'Odyssée du *Pénélope*

Hughes, Monica,
La goutte de cristal

Lachance, Laurent,
  Ailleurs plutôt que demain

Lavigne, Annie,
  Journal d'une effrontée timide *(sélection palmarès de la livromanie 1994-1995)*

Lebugle, André,
  La chasse aux vampires *(finaliste prix Logidec 1993)*
  J'ai peur, moi?

Letarte, Andrée,
  Couleur caméléon

Mercille-Taillefer, Micheline,
  Charlie Bouton

Page, Marie,
  Le Gratte-mots *(prix Alfred-Desrochers 1993)*
  L'Idole

Proulx, Luc,
  Le fugueur

Sernine, Daniel,
  Les Portes mystérieuses
  Ludovic *(finaliste prix du Conseil des Arts du Canada 1983)*
  Le Cercle de Khaleb *(prix Logidec 1992 et prix «12-17» 1992)*
  L'Arc-en-cercle *(prix Logidec 1995, finaliste prix «12-17» 1996 et finaliste prix du Gouverneur général 1996)*

Simard, Danielle,
  Un voyage de rêve
  C'est pas tous les jours Noël *(finaliste prix «12-17» 1995 et sélection palmarès de la livromanie 1995/1996)*

Warnant-Côté, Marie-Andrée,
  Élisabeth tombée au monde

ACHEVÉ   D'IMPRIMER
EN   JANVIER   1997
SUR   LES   PRESSES   DE
PAYETTE & SIMMS INC.
À SAINT-LAMBERT (Québec)